Passionnément,
à la folie,
pas du tout

Passionnément, à la folie, pas du tout

Margot Malmaison
avec la collaboration de Stella Delmas

Michel LAFON

Déjà parus :

Un amour de jeunesse, 2015
One love, 2016
En toute intimité, 2017

118, avenue Achille-Peretti – CS 70024
92521 Neuilly-sur-Seine Cedex
Crédits photo : Chloé Bonnard
MUA : Chloé Rose

www.lire-en-serie.com

Loi n° 49-956 du 16 juillet 1949
sur les publications destinées à la jeunesse

- 1 -
LA RUPTURE... COUP DUR

« Il y a des chagrins d'amour que le temps n'efface pas et qui laissent aux sourires des cicatrices imparfaites. »

Marc Levy

C'était impensable. Margot sans Maxence, Maxence sans Margot. Pour tous, et pour moi surtout : **M&M'S, C'ÉTAIT POUR LA VIE !** On était liés comme les doigts de la main ! On marchait ensemble sur le même chemin : celui de « l'Amour toujours ».

On ira
Où tu voudras, quand tu voudras
Et on s'aimera encore
Lorsque l'amour sera mort.

Joe Dassin

Mais vous le savez tous, ce toujours a tourné court. Le conte de fées a viré au conte réalité et la magie s'est volatilisée en un clin d'œil. Comme on dit, « je n'avais plus que mes yeux pour pleurer ». Et j'avais déjà bien trop pleuré. Aujourd'hui, c'est bel et bien **FINI**. Si on me l'avait dit, je ne l'aurais jamais cru. Parce que depuis le début, je ne vivais et ne respirais que pour lui. C'est justement ce qui m'a perdue.

Tout semblait nous unir pour ne jamais finir. Mais... Comme vous m'avez fait confiance, je vous fais confiance à mon tour ; c'est confidence pour confidence. Faut que je vous dise : derrière mon sourire, j'ai parfois vécu le pire. Oui, notre idylle que vous avez toutes surkiffée, je l'ai parfois maquillée comme mes bleus au cœur. Parce que **JE L'AIMAIS LUI PLUS QUE JE NE M'AIMAIS MOI**. Et ça, ça n'allait pas. Pas du tout, même. Quand on aime trop, on aime mal, et au final ça tourne... mal.

Alors vous vous demandez sûrement comment on en est arrivés là, lui et moi ? Et comment c'est la vie sans lui ?

Remontons ensemble le fil du temps. Repassons les séquences clefs du film de notre histoire. Revenons juste avant que tout ne déraille ; jusqu'à la faille où ma vie a basculé dans **L'ENFER**.

Cette fois, vous aurez ce qui s'est joué devant les caméras *et* en backstage... On passe des paillettes plein les yeux au regard trop fardé... Ben oui, j'voulais pas trop vous alarmer.

THE BIG LOVE !

2012

« Le plus grand bonheur après que d'aimer,
c'est de confesser son amour. »
André Gide

Vous le savez, je ne m'en suis jamais cachée : j'ai été **GRAVE LOVE** de Maxence depuis… **TOUJOURS**. Il faut quand même que je vous dise ce qui m'a conquise chez mon Max ! Croyez-le ou non, mais au début il ne me plaisait pas plus que ça, du moins pas physiquement, je veux dire. Être le fils de mon prof de tennis n'en faisait pas une bombe pour autant ! Il ne m'attirait pas du tout. Si on m'avait posé la question à l'époque, au tout début, j'aurais même sans doute grimacé. Mais il avait **UN TRUC EN PLUS** – déjà, un an de plus que les autres collégiens. Mais surtout, **CE PETIT SUPPLÉMENT D'ÂME** : la maturité qui manquait aux autres garçons et pour laquelle toutes les filles se pâment. Lui, il m'a tout de suite touchée par son humour et… ça : il était **AVENANT**. Lui, il savait y faire, il me prenait la main et m'attirait contre lui pour me faire un câlin. Ça, ça m'a fait craquer. Complétement !!! **IL M'A FAIT ME SENTIR LA PERSONNE LA PLUS IMPORTANTE POUR LUI.** Lui seul avait réussi cet exploit ! Et, amoureuse de sa personnalité, je l'ai relooké à sa demande. Comme il savait que j'étais grave accro à la mode, il m'a demandé conseil. C'est là qu'il a commencé à se métamorphoser pour devenir une vraie bombe ! Et vous le savez, l'amour nous aide à nous surpasser, nous fait évoluer.

Mais avant cela, au tout début, bien sûr nous étions juste les meilleurs amis du monde. J'ai compris que je voulais que nous soyons *plus* que ça le jour où mon cœur s'est emballé et s'est mis à voir rouge quand il n'a eu d'yeux que pour **ELLE**, « l'autre ». Oui, je parle bien sûr de Priscilla ! C'est à ce moment-là que j'ai réalisé qu'en fait j'étais raide dingue de mon meilleur ami. Du coup, même si je ne voulais absolument pas lui manquer de respect, la fille (toute belle et gentille qu'elle était) entrait direct dans le camp des **ENNEMIES** ! Pire : dans la catégorie des *rivales*. Je ne l'ai même pas calculée ! Dans un autre contexte, on aurait peut-être été super potes, elle et moi. Mais ça, je ne le saurai jamais.
Depuis ce jour-là, moi qui suis plutôt du genre solidaire et pour le Girl Power, j'ai commencé à *porter mes lunettes roses*, comme on dit, pour voir le verre à moitié plein… Mais même si j'avais adopté la positive attitude, je ne voyais pas tout en rose ! À cause du filtre qui détecte toutes les « fausses copines » qui n'en veulent qu'à lui. Je crois que

je tiens ça de ma mère. Et pourtant, c'est dingue comme elle a pu trop m'énerver ! Vous n'imaginez même pas à quel point, vu mon caractère ! Ben oui, à cette époque, je voulais toujours avoir raison, et je refusais d'entendre les arguments qui n'allaient pas dans mon sens. Le comble, c'est quand elle me lançait : « cette fille-là, je ne la sens pas. »

Et bingo, chaque fois la suite de l'histoire lui donnait raison ! Même si mon ego en prend un coup, je vous l'avoue, elle avait vu juste sur toute la ligne. Aujourd'hui, je lui dis : « **MERCI MA PETITE MAMOUNE !** » Grâce à elle, je suis plus vigilante. C'est ce qui m'a sauvée dans mon histoire avec Maxence. Vous allez comprendre pourquoi. Prêts ?

Vous qui m'avez suivie – merci de tout cœur –, vous l'avez vu, senti pour moi : **NOUS ÉTIONS FAITS L'UN POUR L'AUTRE**. J'avais une confiance aveugle en Maxence. Alors quand ça a commencé à bien marcher pour lui et qu'il a débarqué dans la capitale pour faire décoller sa carrière de super star, j'étais **TROP CONTENTE ET SUPER FIÈRE DE LUI**. Comment ne pas l'être ? Paris, c'est incontournable pour un artiste ! C'est là-bas que tout se joue, là-bas qu'il allait déployer ses ailes et s'envoler vers sa grande carrière de chanteur : écrire – et coécrire, mais ça, je n'y songeais

même pas... – ses sons, enregistrer en studio, répondre à des interviews... Être l'artiste qu'il avait toujours rêvé d'être. J'ai toujours voulu le meilleur pour lui, et je l'aimais si fort que je ne doutais pas une seconde qu'il le méritait. Normal : parce que **C'ÉTAIT LE MEILLEUR** !
Pour moi, tout allait bien, pas de dilemme cornélien ! J'entends déjà les plus prudentes d'entre vous : *« Le laisser partir, c'était le jeter dans la gueule du loup. »*

Mais je suis sûre que vous auriez fait comme moi. Enfin, sur ce point ! Parce que moi, à ce moment-là, je n'avais aucun doute : **NOTRE AMOUR SERAIT PLUS FORT QUE TOUT**. À mes yeux, rien ne se plaçait au-dessus de **« NOUS »**. **ERREUR. FATALE.** Mais ça non plus, je ne le savais pas. J'ai appris...

Quitter la province où tout le monde vit comme dans une grande famille pour entrer dans le monde de tous les possibles, ce monde où chaque porte s'ouvre sur une tentation, c'était un risque à prendre. J'étais **TELLEMENT LOVE** de lui que je ne voyais jamais le mal nulle part. Tout ce qui était bon pour le mettre sur le devant de la scène passait avant **TOUT**... Mais je n'avais pas envisagé tous les aspects de la gloire ! Et encore moins l'ombre qui planerait sur la toile de notre belle histoire.

Je vais vous raconter ce que les bruits de couloirs n'ont pu vous laisser entrevoir. Venez dans les coulisses qui m'ont menée de l'émerveillement… au **DÉSENCHANTEMENT**.

JE T'AIME PLUS QUE MOI-MÊME

2013

« Je ne vis que depuis que je t'aime. »
Julie de Lespinasse

Maxence, il a été mon **PASSÉ**, mon **PRÉSENT** et mon **AVENIR À LUI TOUT SEUL**. Tout mon monde tournait autour de lui, de **NOUS**. Non : **MON MONDE, C'ÉTAIT LUI**. Vivre pour moi aussi, je ne le concevais même pas puisque seuls comptaient son bonheur et **ÊTRE AVEC LUI**. Je n'avais jamais appris à être autre chose que « sa petite femme ». Alors bien sûr, je n'avais pas le mode d'emploi. De toute façon, à ce moment-là, ça m'allait très bien comme ça. On ne va pas se mentir !

Lui à Paris pour se faire un nom dans la chanson, moi à Rouen à suivre mes études de bac pro ASSP (accompagnement, soins et services à la personne) pour alléger les souffrances des autres plus tard. Comme rien ne comptait plus que de partager le max avec Max, je me démenais comme une folle le soir après le lycée. Oui, je travaillais pour me payer les allers-retours jusqu'à la capitale. Rien n'était trop dur : j'enchaînais facilement mes heures d'aide

en maisons de retraite, des petits ménages et des prestations sur les stands de la foire Saint-Romain. Et ma mère, complice, me glissait un petit billet de 20 euros en plus de mes économies, comme elle le faisait pour mes sœurs. **TROP DE LOVE** pour elles trois !
Vous l'avez compris, je ne vivais que pour **NOS RETROUVAILLES**. Chaque jour sans lui était un supplice ! OMG, j'étais connectée H24 à mon téléphone.

« Elle vit sa vie par procuration », de Jean-Jacques Goldman, vous connaissez ?

Eh bien là, c'était moi qui vivais tout ce que Maxence faisait à distance. Cette distance qui faisait résonner si fort son absence... Je comptais les jours qui nous séparaient de nos retrouvailles. Oui, oui, comme une petite fille boulotte les chocolats du calendrier de l'Avent jusqu'à la veillée de Noël. **CARRÉMENT TROP IMPATIENTE !** Et puis, je suivais ce qu'il postait sur les réseaux sociaux : **J'ÉTAIS SA PREMIÈRE FAN**.

PARIS, LE MAUVAIS PARI !

2013

« J'ai assez d'amour pour préférer ton bonheur au mien, ta vie à la mienne. »

Honoré de Balzac

Quand j'ai débarqué à Paris la première fois, c'était avec des papillons dans le ventre et des étoiles dans les yeux. Trop de bonheur de retrouver mon bébé... J'étais grave impatiente de découvrir à quoi ressemblait sa vie loin de moi. Je l'avais tant imaginée.
C'est un Max tout love qui m'attendait. Mais l'accompagnaient ses retards, son emploi du temps de ministre, ses copains, ses « amiEs de travail », qui avaient la priorité sur... **MOI** et sur **NOUS**. **ÇA ME RENDAIT FOLLE ! MÊME EN SA PRÉSENCE IL ME FAISAIT RESSENTIR SON ABSENCE**. J'étais comme une droguée en manque de lui, de nous.
Moi qui le plaçais au cœur de ma vie, je souffrais trop d'être en marge de la sienne ! C'était pas juste ! Mais ça, vous le savez aussi.

Ce que je ne vous ai pas dit, par pudeur, c'est tout ce qui s'est déroulé entre les murs de notre intimité. Aujourd'hui, j'en ouvre les portes parce que j'ai mal de voir que mon rêve de vieillir avec lui est mort avant même que j'aie pu avoir des cheveux gris !

Ce jour-là, donc, c'est l'envie de tout partager avec lui chevillée au corps que je dévore tous nos moments passés ensemble. Bonheur !!! Je sens qu'il est trop content de me retrouver. Il me couvre de câlins. Et nos moments **COMPLICES** sont grave intenses. **J'ADOOOORE** quand il est comme ça !
Mais il ne me fait pas la place que j'attendais. Grrr ! D'ailleurs, la toute première fois, sa petite bouille d'amour et lui ne sont même pas venus m'accueillir sur le quai de la gare. Quelle déception ! J'aurais tellement adoré être le seul de ses rendez-vous dans son agenda. Moi, chaque fois que je viens, je n'ai pas d'autre rendez-vous qu'avec **LUI**. Bien sûr, il me promène dans les rues de sa vie. Et aussi dans celles qui chatouillent mon petit faible pour… le shopping et les chocolats chauds en terrasse !
Mais le malaise me reprend quand on rentre dans sa super jolie maison de banlieue. Je me sens même encore plus mal quand on se retrouve dans son fief – le sous-sol, là où il a installé tout son matos pour créer ses sons. Les fantômes du passé m'ont laissé un voile de doutes. Et puis nous, les filles, on sent ces choses-là, pas vrai ? Et vous savez ce qu'on dit : « Chat échaudé craint l'eau froide. »

Je veux parler de lui et les filles. Bon, d'accord, j'ai une petite tendance à être jalouse. Mais, comme vous me l'avez souvent confié, plus d'une aurait pété une durite avant moi. Eh bien moi, c'est là ! À ce moment précis où, une fois encore, la jalousie prend les commandes et me pousse à jeter un coup d'œil en douce à ses messages.
J'attends qu'il soit sous la douche. Dès que j'entends l'eau couler, je me dépêche... de checker messages Facebook et sms en catimini. Je crois défaillir ! Encore. **MAIS C'EST PAS POSSIBLE !** Le même scénario se rejoue inlassablement. On se croirait dans le film *Un jour sans fin.* Ben oui, moi aussi, là, j'aurais préféré me réveiller que de retomber dans les bras de ce cauchemar.

Même si je savais que Paris rimait avec sorties et rencontres, qu'il côtoyait les people et donc des #fillesintéresséesquiselajouent, j'étais loin de m'imaginer que lui, il succomberait à leur petit jeu de charme. Et pourtant... Je **DÉCHANTE GRAVE** ! J'ai l'impression de devenir folle ! Sous mes yeux défilent ses échanges avec un tas de filles. Bon d'accord, vu qu'il commence à avoir un nom, c'est normal qu'il soit sollicité. Mais là... je vois que cette fois **IL LEUR RÉPOND** ! Ça encore, ça passe. Mais il les appelle par ces petits noms affectueux qu'il me donne à **MOI** :

« **MON PETIT CHAT** » à l'une, « **MA PRINCESSE** » à l'autre, « **MA PETITE FEMME** » à une autre… et comme ça en nombre.

Il me crève le cœur avec ces couteaux dans l'dos. Mais ça, bien sûr, il n'y pense même pas ! **IL NE PENSE QU'À LUI** dans ces moments-là. D'ailleurs, il ne pense pas, il se laisse mener par son besoin de plaire. C'est pour ça que toutes les étoiles qui brillent dans les yeux de ces pimbêches lui font tourner la tête. Oh non, j'y crois pas ! Là, c'est la mienne qui fait des siennes. Je me laisse emporter une nouvelle fois. Je replace son portable sur le lit. Je respire et tente de faire bonne figure. Une fois de plus. Mais qu'on ne me dise pas : « C'est normal, ne t'inquiète pas, c'est juste son travail. Il faut que tu apprennes à t'endurcir. »

Parce que là, **IL EST ALLÉ TROP LOIN**. J'ai la gorge tellement serrée que mes cils s'habillent de larmes discrètes. Je tente de les contenir tant bien que mal. Et d'ailleurs plus mal que bien ! Le rêve bleu flétrit comme le carrosse de Cendrillon. Mais le mien redevient une citrouille dans le jardin de mes déceptions. Qu'on lui écrive, c'est une chose, mais qu'il réponde de cette manière, c'en est une autre ! Rien ne l'y obligeait. Ça signifie qu'il pense ce qu'il leur dit ?! Oh là là, j'y crois pas ! J'ai la nausée qui me reprend. Je suis hors de moi ! Mais comme faut pas, j'me retiens.

Je m'en veux trop ! Pourquoi ? Mais parce que moi, je veux toujours que tout soit au top ! Alors je ravale ma fierté et mes doutes chaque fois. De toute évidence, c'est une évidence qu'on est faits l'un pour l'autre. **CE N'EST MÊME PAS UN SUJET POUR MOI, IL M'AIME AUTANT QUE JE L'AIME.** La claque ! **ÇA PIQUE GRAVE !**
J'ai trop la haine. Moi, je ne lui aurais jamais fait ça ! Je culpabilise dès qu'un mec m'envoie un message sur Facebook. Pire : je l'ignore totalement ! Lui ne se pose pas les mêmes questions...
Quand il sort de la douche, **ÉVIDEMMENT** il voit ma mine déconfite. Je ne sais pas faire semblant. Et je ne vais pas changer ! Pas envie.

« Ça va pas, bébé ? »

MAIS COMMENT TU VEUX QUE ÇA AILLE AVEC CE QUE TU ME FAIS ?!?!

Vous me connaissez, quand j'ai quelque chose sur le cœur, il faut que ça sorte ! J'ai beau vouloir y mettre les formes, ma colère et la jalousie déforment mes paroles. Et bing !

les mots dépassent – largement – ma pensée. C'est plus fort que moi ! Toute bonne résolution s'envole. Normal, je me sens trahie ! Une fois de plus ! Et comme si ça ne suffisait pas, il esquive, nie et me sert les mêmes mots : « Mais, mon petit chat, elles ne comptent pas, ce ne sont que des fans, tu sais que c'est pour mon travail. On ne va pas se prendre la tête pour ça ! »

Mais « ça », c'est déjà trop ! J'ai déjà tellement mal à l'idée de repartir le lendemain que je pleure à l'intérieur. Je le laisse endormir mon cœur.

Tout allait bien parce que je fermais les yeux. Ce que je ne vous ai pas dit, c'est que le jour où Maxence a signé chez Universal, il a pactisé avec le diable… du **MENSONGE**. Oui, ce jour-là, quand on se retrouve, il me lance : « Mon bébé, faut que je te parle. Pour le business, ils veulent que je sois célibataire. Du coup, j'ai accepté. Mais t'inquiète pas, ça sera juste pour la presse et les réseaux sociaux. Après, à côté on s'aimera comme avant. »

Pardon ??? Dur dur à encaisser, parce que je l'aime trop ! Là, l'addition est salée. Je me retrouve prise entre deux feux. Oh là là ! Mais qu'est-ce que je veux ? Le voir se réaliser et s'épanouir dans ce qu'il aime plus que tout – *plus que nous* ? Se faire un nom dans la chanson ?

Ben, bien sûr que oui ! Mais j'veux aussi le garder **RIEN QUE POUR MOI**.

Ah oui, je dois l'avouer… Je voudrais le cacher aux regards trop envieux de toutes ces Lolitas ! Parce qu'elles, elles n'ont même pas connaissance de mon existence. Alors que moi, elles me pourrissent la vie. Grave, et sans que cela soit dit ! Mais ça va pas la tête ? Je l'aime trop pour lui faire ça !

Alors oui, trop raide dingue et trop contente pour lui, ce jour-là, je mets mes peurs en sourdine. J'allais pas faire la petite copine trop relou. Je me sens coupable de ne le vouloir que pour moi. Tout ce qui le porte vers le succès passe avant tout. Oui, même si, pour ça, faut que je sombre dans l'ombre de sa gloire.

MAX CACHE DES DAMES DANS SON JEU…

2013

« Le plus grand des malheurs est l'infidélité de l'être qu'on aime. »

J. H. Bernardin de Saint-Pierre

C'est avec **ELLE**, cette nouvelle « autre », que s'amorce ma descente en enfer. Max chante : *Je t'aimerai jusqu'en enfer*. Moi, l'enfer, je le vis dès que j'aperçois cette fille sur Insta : la bombe atomique. Une de plus, pensez-vous ? Ou vous vous dites peut-être : « Ça y est, ça lui reprend, elle fait sa **GRANDE JALOUSE RELOU** ! »

Pourtant, non. Sur les réseaux, on ne vous disait pas tout. Un jour, quelqu'un m'a dit : « Quand on ferme la porte, on ne sait jamais ce qui se joue derrière. » Alors, je vous en parle à travers ces quelques lignes. Après ça sera plus clair.

En septembre 2013, Maxence s'envole pour la Belgique pour travailler. Pas seul… Et, bien sûr, c'est encore avec une fille qu'il collabore. À croire que je suis maudite ! Bon, même si c'est panique à bord, je prends sur moi. La vague d'inquiétude fait un raz de marée quand je vois qu'il change du tout au tout à partir du moment où il atterrit à Bruxelles et qu'il la retrouve, **ELLE**. Car là, c'est lui qui coupe le son... avec moi. Vous savez, je vous en ai déjà parlé dans *One Love*. C'est la parolière trop douée avec qui il va s'enfermer pour enregistrer de nouveaux morceaux.

J'ai tellement cassé les pieds de tous ceux que j'aime que je n'ose même pas leur parler de ce que je vis. **C'EST LA PSYCHOSE.** J'montre rien. Pourtant il en faut peu pour que j'explose. J'ai tellement passé l'éponge que, là, j'en peux plus ! **JE SUIS RINCÉE !** Cela dit, je l'ai dans la peau... Alors c'est à mes démons que je décide de faire la peau. Là, je suis verte... de jalousie. Oui. J'ai l'impression qu'il m'a déjà mise au second plan. Pire : **QU'IL M'OUBLIE** ! J'ai trop la haine de ne pas l'avoir au téléphone alors que nous étions collés 24 h / 24 h avant qu'il parte. **ON VIT EN DÉCALÉ TOTAL.** Je me retrouve à jouer la groupie pour le suivre « comme toutes les autres fans » alors que je suis censée être **« SA PETITE FEMME »**. J'hallucine ! Il ne m'envoie qu'un sms par jour !
Forcément, les doutes font leur grand retour. Me revoilà à scruter tous les posts sur tous les réseaux sociaux...

Je passe chaque photo au crible de mes yeux qui voient rouge. Je zoome pour voir où sont placées ses mains, comment sont leurs regards. Enfin, surtout le sien, car ce qui compte, c'est ce qu'il ressent, **LUI** !

Ça me rend malade ! Si lui se fait discret, elle, elle s'affiche en long, en large et **C'EST MOI QUI L'AI EN TRAVERS** ! Elle a « presque » tout pour lui plaire – jolie, même si c'est pas non plus un canon de beauté, mais surtout, elle est parolière, ce qui a, j'imagine, un charme particulier aux yeux de n'importe quel musicien... Je n'ai rien contre elle, personnellement parlant. Je la trouve même talentueuse, **UN TRUC DE OUF**. Mais là, elle est avec *mon* Max... Du coup, forcément, elle passe dans le camp adverse.

Sur le papier, ça matche grave ! Sur les réseaux, tous les commentaires confirment les apparences. Ma curiosité me joue toujours de vilains tours. Je suis trop énervée ! Et voilà : je recommence. **JE NE ME RECONNAIS PLUS.** Je ne vis plus que pour suivre le roman-photo qu'elle poste. Plus rien ne compte que de savoir ce qui se passe entre eux. Ça tourne dans ma tête quand ce que je crois deviner ne me la fait pas tourner. Je l'entends déjà me sermonner : « Tu n'changeras jamais, dès qu'une fille est un peu proche de moi, tu t'fais des films ! »

Mais, là, ce n'est pas « un peu proches », qu'ils sont ! Ils sont **CARRÉMENT PROCHES**. Trop ! Les photos les montrent à différents moments de la journée. Ils sont toujours fourrés ensemble. Ils font tout l'un avec l'autre comme… **UN VRAI COUPLE**. Il l'emmène même au resto alors que nous, nous ne vivons rien !

Quand j'y repense, je trouve ça ridicule. Je regrette d'avoir perdu tout ce temps à me poser les mauvaises questions. Quand on dit que l'amour rend aveugle, c'est vrai. Je l'aimais tellement que je n'ai pas vu que mes sentiments m'avaient transformée. Cette Margot-là, ce n'était pas moi.

Mais le comble, c'est quand il me dit qu'il ne va pas rentrer comme c'était prévu parce que, je cite : « ça marche trop bien entre eux ». Ben voyons : ils sont grave inspirés pour écrire. Ils surkiffent rien qu'à l'idée de continuer. La bombe est lâchée ! Cela finit de m'achever. Qu'on ne vienne pas me dire que je suis mytho ou que je psychote. **LES FAITS PARLENT D'EUX-MÊMES !** Je n'en dors plus. À force de regarder les photos qu'elle poste, je vois bien qu'elle l'aime plus que bien. Qu'on ne me la raconte pas. On a beau me dire de ne pas m'en faire, je sens déjà que **JE SOMBRE**. Je pleure en cachette. Je guette le moindre post, le moindre sms… Je passe ma nuit à vomir leur histoire…

Je mets quand même Charlène dans la confidence. Elle me rassure et me dit de ne pas me monter la tête. Et de ne surtout pas lancer les hostilités par téléphone, d'attendre de le voir entre quatre yeux pour tirer les choses au clair. Elle a trop raison, je le sais.
Mais en attendant, je fais comment, moi, pour tenir sans nouvelles de lui ? Je fais comment pour ne pas mourir submergée par les nouvelles photos qu'elle se vante de poster ?

Je me fais des films d'horreur. **JE ME FAIS PEUR TOUTE SEULE.** Ouf, le week-end arrive à grands pas. Vous imaginez bien que c'est avec hâte que je me rends sur place pour prendre la mienne !

QUAND LE CAUCHEMAR ET LE RÊVE SE CROISENT…

2013

*« Ce rêve impossible : que tous ceux
qui se sont aimés n'aient jamais à se quitter. »*
Georges Dor

À peine nous sommes-nous retrouvés que déjà la vie m'arrache à mon bébé. Alors que nous sommes lovés dans les bras l'un de l'autre, Maxence reçoit un message qui n'échappe bien sûr pas à mon œil de lynx. Les mots qui s'affichent me font, une fois encore, l'effet d'un couteau dans le cœur :

Alors les amoureux, ça s'est bien passé, l'enregistrement ?

Je n'en crois pas mes yeux. Je suis hors de moi ! Je quitte ses bras et lui demande de s'expliquer. Maxence ne trouve pas mieux à me dire que : « Non, mais il dit ça pour rigoler, c'est juste une amie de travail ! »

Mais bien sûr. Il me prend vraiment pour une débile ! Il me sort toujours le même refrain, celui qui met un frein à mon cœur.

Mais là, il ne m'aura pas ! J'ai avalé trop de couleuvres pour en digérer une de plus.
J'suis au fond du gouffre. Plus j'essaye de lutter pour ne pas me noyer, plus je m'engouffre. Maxence ne trouve pas les mots qu'il faut pour me rassurer. Impossible, mon cœur est trop meurtri par toutes ses cachotteries. Pour lui, ce ne sont peut-être que des parenthèses, mais pour moi la plaisanterie ne passe plus. Trop, c'est trop. Le moindre de ses écarts me rend **MALADE**.
Si notre histoire ne comporte pas de point, elle se ponctue de plus en plus de (), de « » et de...

Même si je l'aime plus que tout, là, il est temps pour moi de regarder la réalité en face et surtout **D'Y FAIRE FACE**. Rien que d'y penser, ça me fait flipper ! Mais je prends **LA** grande décision, **NOUS SÉPARER**.
Je me consume de trop l'aimer **SEULE** dans mon coin. J'ai trop trop mal de ne pouvoir l'aimer vraiment ! Inévitable : je sombre dans l'enfer de son absence.
Alors, je fais appel à mon équipe de choc ! Les amis, y a que ça de vrai ! C'est ce qui reste après tout. Trop de love pour vous.

Et je me lancerais ensuite dans notre merveilleuse aventure, mon premier livre. Je revis notre histoire dans ce qu'elle a de plus intense et... avec **VOUS**.

C'est Jérôme et Noémie, le frère de Maxence et sa copine, qui m'ont mis le pied à l'étrier. Mais c'est bien sûr avant tout grâce à vous qui me suiviez et à votre fidélité. En un mot comme en cent, **MERCI** d'avoir été et de toujours être là.

Dédicace spéciale :

C'est grâce à Jérôme et Noémie que je me suis lancée dans cette magnifique aventure qu'est un livre. Ils m'ont tous les deux donné confiance en mes capacités. Et grâce à Maxence, bien entendu. Il m'a lui aussi encouragée dans cette voie-là. Il était même **LE PREMIER**. Il était **TROP FIER** ! Ça me faisait trop chaud au cœur, même si à ce moment-là il était en mille morceaux.
Merci...

Mais ce que vous ne savez pas, c'est que j'ai nagé entre deux eaux. Oui, j'ai toujours été chahutée par des courants contraires, la joie d'écrire mes chroniques, d'éditer mes livres, et la terreur. Celle des requins assoiffés de gloire, de succès et d'argent. C'est ce qui vous a échappé. Normal, j'ai arrangé la vérité. Pour ne pas faire de vagues. Mais tout finit toujours par se savoir. Alors, après le rose de notre histoire, plongeons dans les couloirs un peu plus noirs.

DU CONTE À L'EAU DE ROSE AU ROMAN NOIR

2015

« Tout comme il y a deux versions à chaque histoire, il y a deux versions à chaque personne. Une version que nous révélons au monde et l'autre que nous gardons cachée… »

Emily Thorne

Transportée par la joie de vous lire, de vous écrire, je me laisse porter par l'enthousiasme de Maxence, de Jérôme et de Noémie. Je me prends au jeu. **J'Y CROIS À FOND !** Alors quand Jérôme me prend sous son aile et s'occupe de toutes les démarches, je suis **CONFIANTE**.

À ce moment, je surkiffe trop ! Je remercie Dieu de l'avoir mis sur mon chemin pour m'aider à réaliser un bout de mon rêve : éditer **mon** livre. Noémie et lui m'entourent d'attentions. J'ai trop de chance : ils répondent présents pour revivre mon histoire avec Max sur le papier. Je les retrouve régulièrement pour ajuster mes écrits à mon image. Ils sont mes garde-fous. Ils me guident car, loin

de me prendre pour Balzac ou Helen Fielding, j'ai toute ma confiance à conquérir. Je n'en suis qu'au tout début. Mais c'est le **KIF TOTAL** !
C'est chez Maxence que je commence. Tout vient entre peur de ce que je peux ressentir pour lui et désir d'être inspirée par son univers et notre complicité. Même si elle est désormais différente... Heureusement, cela ne me déroute pas trop. Au contraire, de mes émotions en effervescence coule l'encre qui donne naissance à l'auteure en moi. Je suis parée de l'essentiel : **LARMES DANS LE CŒUR, PAPILLONS DANS LE VENTRE ET ESPOIR DANS LE REGARD** !
Tout ce que je vis alors me semble tout droit sorti d'un rêve. Je sors de celui qui avait un peu viré au cauchemar : ne pas être la seule dans la vie de Max. Je surfe sur la vague magique de l'édition de mon livre. Trop de bonheur ! **JE SAUTE PARTOUT !**

À peine est-il édité sur Amazon que mon livre est propulsé dans le top des ventes de littérature jeunesse. Deux semaines de succès. Cela n'échappe pas au regard avisé des éditeurs. Toutes les maisons d'édition frappent à ma porte et me proposent de racheter mes droits et de m'éditer à plus grande échelle. Et la suite, vous l'avez suivie... Mon chaperon littéraire, Jérôme, est dans les starting-blocks ! Il scrute tout avant de signer pour « nous » chez

Michel Lafon. *Un amour de jeunesse* sort des imprimeries et grave notre histoire dans les mémoires.

Ce qui me revient aujourd'hui, c'est que Jérôme a tout manié d'une main de maître. Il s'occupait de tout. Mes parents et moi de rien. Confiance, quand tu nous tiens ! Nos destins étaient scellés, et l'aventure littéraire extraordinaire ! Mais nous n'avions pas encore mis un pied en enfer.

Pour vous, sur le devant de la scène, c'est la success-story. Pour moi, une ombre commence à planer sur mon joli tableau...
Bien sûr que je suis aux anges ! J'ai trop de chance d'être éditée, de vous rencontrer et d'entrer dans le cercle privilégié des auteurs **ÉDITÉS, LUS, RECONNUS**. ❤️ Je me sens comme une princesse à qui tout sourit. Je vis mon bonheur à mille à l'heure sous le feu des projecteurs entre dédicaces, salons du livre, shootings, interviews télé...
Mais quand l'écran redevient noir, les vieux démons réapparaissent. Même si je m'arrange pour ne pas les voir.
Pour tout vous dire, au début Maxence me suit partout comme mon ombre. Il ne manque jamais à l'appel pour une interview, un plateau télé... Il me félicite et me fait savoir qu'il me soutient avec ses : « Je suis trop fier de toi, bébé. »

Je suis trop contente : **ÊTRE SA FIERTÉ, J'EN RÊVAIS**. Jamais je n'aurais imaginé que ce serait parce que moi aussi, je suis désormais « reconnue » dans ce que j'aime. C'est grâce à **VOUS** et **J'AI TROP D'AMOUR POUR VOUS : MERCI** !

Mais ça, c'était avant. Avant que ça ne marche moins bien pour lui… ou plutôt, avant que ça marche trop bien pour moi… enfin, vous voyez ce que je veux dire ?

LE DÉBUT DE LA FIN

Ajouter la date

« La grande jalousie est l'agonie de l'amour. »

Louis-Philippe de Ségur

Après avoir fait la couverture des magazines ados les plus en vogue – *Fan2*, *Closer Teen*, *Dream'up*... –, Maxence ne supporte pas de retomber dans ce qu'on pourrait appeler une « popularité de quartier ». Ce que je comprends trop.

Ce que je comprends moins, c'est la suite.

Ça a commencé le jour où je me suis offert le sac qui m'avait tapé dans l'œil depuis des mois : un Louis Vuitton. J'ai travaillé dur à la foire Saint-Romain et ce sac était ma récompense. Eh bien, j'allais le payer cher ! Quand je reviens, trop contente d'avoir enfin pu me l'offrir, Maxence me demande d'un ton réprobateur combien je l'ai payé. Quand je lui annonce le prix, il hausse les sourcils. Je n'en reviens pas qu'il se montre si froid. À tel point que je m'empresse de refouler tout ça. Je ne le savais pas encore, mais il était là, le début de la fin...

Vous me connaissez, je ne sais pas faire les choses à moitié. On ne me refera pas : je suis comme ça. Alors, quand j'aime, je ne donne pas dans la demi-mesure. J'aurais même une petite tendance à la **DÉMESURE**, oui, d'accord. Oui, je partage tout. Normal, non ? Ou alors, c'est moi qui suis trop fleur bleue ? Bon, OK, je suis fan de *Pretty Woman* et autres contes modernes aux happy ends ? Et alors ? Ça arrive bien dans la vie de tous les jours. Même si ce n'est justement pas tous les jours !

À ce moment-là, je me sens sincèrement bénie. J'ai eu trop de chance de vivre une histoire d'amour extraordinaire avec Maxence : c'est **L'OSMOSE**. Mais notre bonheur haut en couleur se délave de jour en jour.

Je n'ai jamais eu de secret pour celui que j'aime. Alors, quand je reçois les fruits de mon travail, naturellement, j'explose de joie ! Trop heureuse bien sûr, je ne me retiens pas. Entière, je lui dis les choses comme elles me viennent, sans filtre : que j'ai trop de chance d'avoir gagné autant en réalisant mon rêve. Je ne savais pas que ce moment marquerait la fin du Maxence que je connaissais. Là, **J'AI DÉCHANTÉ**. Grave.

À partir de là, il ne rate aucune occasion de minimiser mon succès… Plus je prends ma place, plus il me fait sentir que je la lui dois : « Sans notre histoire, ça n'aurait pas marché. »

Ça aurait même pu être le refrain de l'une de ses chansons, tellement il me le chantait en boucle. Le titre ? Quelque chose du genre : **« T'ES RIEN SANS MOI »**. Malheur à celui ou celle qui m'en aurait avertie. Avec mon caractère – trop ? – entier, je l'aurais vite renvoyé dans ses quartiers ! Mes parents en savent quelque chose, ils s'y sont frottés ! Trop amoureuse, je ne veux rien voir. Plutôt rien entendre. Pourtant, le message est clair : il veut sa part.

J'ai tout fait pour me voiler la face. J'ai même cru à une mauvaise farce ! Oui, parce que, pour moi, quand on aime quelqu'un, on se réjouit de son bonheur et de ce qui lui arrive de beau dans sa vie, non ? Là, non seulement il me reproche d'avoir du succès – alors qu'à ce moment on n'entend moins parler de lui –, mais pire, **IL ME JALOUSE** ! Tellement qu'il exige sa part du gâteau. Douceur dont il apprécie déjà la saveur. Je paye **TOUT** : ciné, resto… Oui, le joli cœur de ces dames fait mine – systématiquement – d'avoir oublié sa carte. Désabusé, l'intéressé avait chassé le gentleman. Je passe de Cendrillon à l'*executive woman* juste là pour payer la note… salée de trop l'aimer.

Alors, je comprends :
Pour lui : prendre mon envol = le plaquer au sol.
Pour moi ? = **PLANER « ENSEMBLE »**.
Quoi d'autre ?

Quand John Gray dit que « les hommes viennent de Mars, les femmes viennent de Vénus », il a trop raison ! On aimerait d'ailleurs que cela ne soit pas aussi vrai. Pourquoi ? Parce que les dialogues de sourds, ça nous fait rire au théâtre, mais chez nous… un peu moins, hein ?

Ma vie a tout pour me plaire. Pourtant, je me sens prisonnière d'un chantage affectif. Autant vous dire que là, je ne surkiffe plus du tout ce qui se passe dans notre intimité. Tout le monde en veut à… mon argent. Jérôme, aux commandes de notre story, voit évidemment tout arriver en avant-première. Il annonce même la rançon du succès à sa mère, Nadine, qui en informe à son tour Maxence. La nouvelle se répand comme une traînée de poudre… et m'attire les foudres de celui que j'aime. Mais aussi de tout son entourage. Je n'étais pas préparée à un tel orage.

PAS ENTRE NOUS.

Au secours, j'ai l'impression d'être entourée de Gripsou & Picsou en puissance. Une caricature ! Tout remonte à la surface et m'explose en pleine figure ! Moi qui m'efface toujours, là je me mets à nouveau en retrait. Mais cette fois, il est hors de question que je fasse un trait sur ce que j'aime : mon aventure littéraire.

J'apprends que, par le passé, quand Jérôme a signé, il avait déjà pensé au futur. Il avait largement assuré ses

arrières pour empocher ce qu'il estimait lui revenir de droit. Il a été très généreux avec lui-même... Je ferme les yeux parce qu'il a joué son rôle. Ce que je trouve moins drôle, c'est qu'il ait tout fait dans mon dos. J'aurais juste aimé qu'il nous parle, à mes parents et moi.
Maxence, lui aussi, veut sa part. Plus un jour ne passe sans que sa mère, son père, son frère et ses potes ne me fassent passer le message : « C'est quand même grâce à Maxence et à votre histoire que tu en es arrivée là. »

Le comble, c'est pour Milan, notre adorable chow-chow. Il n'a rien demandé mais il se retrouve tiraillé entre nous deux... comme l'enfant que nous n'aurons jamais. C'est limite si on ne me demande pas de payer une prestation compensatoire : on me réclame de l'argent pour ses croquettes ! Et je ne marche pas, non, je cours, j'accours même ! Évidemment, je l'aime trop pour l'en priver !
Malgré tout, cette petite comédie ne me fait pas du tout rire. Ils jouent sur toutes les cordes de ma sensibilité pour me faire culpabiliser. Ça marche. Pourtant, je ne l'ai pas volé, mon succès ! Mais parce que **J'AIME MAXENCE PLUS QUE TOUT** – et plus que l'argent –, je lui verse une grosse part de mon butin, pour retrouver l'amoureux qu'il était... Mais surtout pour que l'argent cesse d'être un sujet de discorde entre nous. Et parce qu'à mes yeux ce qui est à

moi est aussi à lui. Je l'aime trop pour laisser quoi que ce soit semer la zizanie entre nous.
Mais ça n'étanche pas sa soif, loin de là. Ça l'aiguise. Il en redemande encore et toujours plus. Comme ce jour où, après une super discussion avec ma sœur Marine, je lui confie, trop contente, que toutes les deux, on a le projet d'ouvrir notre boutique de mode, Minouchka. Il me lance : « Tu ne peux pas faire ça. C'est mon argent, tu ne peux pas le faire avec ta sœur. »
Arrêt sur image. Je bugge. Je n'en crois pas mes oreilles ! D'ailleurs, je fais comme si je n'avais rien entendu. C'est rentré par l'une et ressorti par l'autre. Mais, en moi, les déceptions s'accumulent... et je me sens trop nulle. J'encaisse sans broncher. **ÇA COÛTE CHER DE TROP AIMER.**

Commence alors le cercle infernal. Il me glisse souvent l'idée d'investir dans ses clips... quand il ne le fait pas avec insistance. Je ne ressens pas l'angoisse à ce moment, et je ne saisis pas ses intentions... Là, ça ne loupe pas, je me sens encore trop nulle ! Je ferme encore les yeux : **JE L'AIME POUR DEUX**.

Je comprends alors à mes dépens ce que voulaient dire les grands quand je n'étais qu'une pitchounette, que l'argent monte à la tête... que l'argent change les gens.

Et plus que jamais, ce jour-là où Maxence me dit droit dans les yeux :

« De toute façon, tu ne seras jamais plus haute que moi. »

CES MOTS ASSASSINS ME TUENT. C'est impensable pour moi. J'ai toujours vu mes parents se réjouir l'un pour l'autre. Même encore aujourd'hui. Et moi, mon homme me sort ça ? Là, c'est moi que la réalité rattrape en plein vol. Elle me cloue au sol. C'est horrible. Ça m'a traumatisée. Des vipères seraient sorties tout droit de sa bouche que leur venin m'aurait été plus doux.
Mais je n'étais pas encore à ramasser à la petite cuillère. J'avais encore trop d'amour pour lui, et pas assez pour moi à ce moment-là.

Le pire allait s'écrire.

LES FILLES, MON PIRE CAUCHEMAR !

Août-septembre 2013

« Moi j'enferme
Ma vie dans ton silence.
Elle tu l'aimes
C'est toute la différence.
Elle tu l'aimes au point sûrement
D'avoir au cœur un incendie qui s'éternise
Elle tu l'aimes et moi sans toi
En plein soleil j'ai froid. »

Hélène Ségara, Elle, tu l'aimes

Un matin, mon réveil sonne comme tous les jours, pour me dire : « Debout ! Y a cours ! »
Vite, vite, je me lance dans mon petit rituel quotidien quand Maxence est loin, checker son actu sur Instagram et Facebook. Comme il est à Miami, on vit complètement en décalé. C'est relou ! Ça me met dans un état de stress fou. Je suis à l'affût de tout.
Ben là, j'allais être servie !
Encore dans les vapes, je n'en crois pas mes yeux, tellement ce que je découvre me frappe en plein cœur. Là, pour le coup, **ÇA ME RÉVEILLE GRAVE** ! Je découvre une photo

de Maxence entouré de quatorze filles… non, de quatorze « déesses » au corps sculptural… Toutes hyper bien foutues, super jolies. Tellement qu'on ose à peine imaginer qu'elles puissent être vraies…
Je n'y crois pas ! Malheureusement, je ne fais pas un cauchemar, je le vis éveillée ! Je vois rouge. Mon cœur s'emballe. Ma confiance, elle, se fait la malle. La nausée me reprend. Je sens que je redeviens *l'autre*, **LA JALOUSE**.
Me revoilà en train de passer en revue chaque détail de ces nymphes : teint, yeux, sourire, seins, jambes… Je ne leur trouve aucun défaut, elles ont tout où il faut. Et lui semble aux anges, il affiche un sourire de tous les diables. J'éclate en sanglots. Je pourrais en vomir.
Je dois me ressaisir : l'heure tourne et j'peux pas sécher les cours. Alors, je sèche mes larmes. Je me dépêche d'afficher une mine de façade. Manquerait plus que je me tape l'affiche au lycée ! Mais bien sûr, comme tout le monde connaît notre histoire, les filles en suivent – elles aussi – les épisodes. Et elles ne me ratent pas ! Elles me voient arriver à quinze mètres avec mes yeux bouffis, mon chignon défait et ma mine de quinze pieds de long.
L'une d'entre elles me lance, l'air de rien : « T'as vu la photo de Maxence ? »
*Ben oui… p*** !* Ce petit rien prend des proportions démesurées parce qu'elle touche à mon tout : Maxence.

Ça me met toujours hors de moi. Mais qu'est-ce qu'elle croit ? Ce qui m'achève plus que tout, c'est quand elle me sort : « Ma pauvre, moi à ta place, je ne pourrais pas ! » **JE N'EN REVIENS PAS !** Je prends sur moi. Mais vous me connaissez dans ces cas-là, c'est parfois plus fort que moi. La tigresse impulsive que je suis sort doucement ses griffes et répond, expressive :
« Mais tu n'es pas à ma place ! Et je t'assure que si tu y étais, eh bien si, tu pourrais ! »
Je ne sais pas ce qui me retient. Mais je me contiens et passe mon chemin. J'ai grave les nerfs. En cinq ans, on me l'a sorti plus de fois qu'on ne m'a dit bonjour. **J'EN PEUX PLUS !** Comme si ce que je vivais n'était pas assez lourd. On dirait qu'elles prennent un malin plaisir à se réjouir de me voir souffrir. Alors, chacune à sa manière me fait vivre l'enfer. J'expérimente le fameux : « Le malheur des uns fait le bonheur des autres », comme le chante si – tristement – bien Frédéric Château :

Le malheur des uns et le bonheur des autres
On rigole on pleure,
On cherche quelqu'un dans un regard
Le train qui part,
On se dit au revoir sur le quai d'une gare

Une fille qui pleure au bout du fil, à bout de tout
Au fond d'une cabine téléphonique
Un garçon qui traîne sans fil,
Dans la ville en chantant imagine
Le garçon plus la fille, le total est égal,
Ça nous est égal…

Heureusement, ma dream team arrive à la rescousse à point nommé. Comme toujours ! Charlène et Lucile prennent ma défense et demandent gentiment à ces commères maladroites de se mêler de leurs petites affaires !
Mais ça ne suffit pas à freiner ma chute libre en enfer. Je sens qu'il y a quelque chose qui se trame à Miami. Rien de ce qu'on me dit ne m'ôtera cette idée de la tête. Je me console en me raisonnant : « Max ne peut pas être proche de toutes ces filles en même temps ! »

Bien sûr que non ! Et sur les photos, il n'a pas de regard de connivence avec l'une plus qu'avec l'autre. Mais je sens qu'il y a un truc qui cloche : sa distance, l'absence de messages. D'habitude, même loin, il reste présent en quasi permanence. Je commence à me sentir mal. Je prends ça pour de l'indifférence ! J'ai – encore – envie de vomir. Je ne peux rien dire pour le faire réagir. Il ne répond pas. **JE ME DÉTESTE TROP DANS CES MOMENTS-LÀ !** Je me vois mendier des mots qui rassurent. Beurk ! Au fond de moi, je sens la blessure qui se ravive. Je crains le pire. J'ai peur. Terriblement peur.

« LA PEUR EST IRRATIONNELLE. LA RAISON DOIT LA VAINCRE », DISAIT IONESCO.

Mais c'est facile à dire, moins à faire. Charlène, Amaury et mon équipe de choc m'entourent. Mais rien n'y fait. Mon espoir de nous voir heureux ensemble se défait.
Ce qui me met la puce à l'oreille, c'est ce clip... avec « elle ». Y avait soi-disant pas d'actrice principale... Mais *elle*, elle avait un rôle bien spécial.
J'appréhende à mort ! Je me repasse en boucle leur scène. Nouveau couteau dans le cœur. Puis, haut-le-cœur. Et ça, ça ne trompe pas. Notre corps nous parle. Même si je voulais fermer les yeux, le mien me fait comprendre les choses autrement.

Là, je sais que je ne me fais pas des films. Quand je capte la proximité qu'ils ont, je comprends tout. Je m'sens trop mal ! Alors que Maxence est dans le vol du retour, je regarde les stories de mon nouveau cauchemar sur

Snapchat et Facebook. **JE CROIS DEVENIR FOLLE !** Je n'en loupe pas une. Cette beauté atomique poste des photos d'eux tout le temps. Elle voudrait faire passer un message qu'elle ne s'y serait pas prise autrement ! Ils sont grave proches, on dirait même qu'ils sont… complices. Je vis un supplice ! Elle se prend déjà pour sa nouvelle copine ou quoi ? Elle fait un montage et on dirait un roman-photo ! On les voit poser partout où ils vont, comme si ça faisait cinq ans qu'ils étaient ensemble alors qu'ils ne se connaissent que depuis **4 JOURS** !!! Une fois, elle lui fait un bisou, une autre, ils sont tous les deux en maillot de bain dans l'ascenseur. On dirait un vrai couple ! J'hallucine grave. Mais **COMMENT PEUT-IL ME FAIRE ÇA** ? Et elle, elle se prend pour qui ?

J'ai encore une fois l'impression qu'il oublie que j'ai un cœur. D'ailleurs, il le chante dans son morceau « Un amour de jeunesse » :

Ton cœur pleure, et j'n'entends pas ta souffrance
Ton cœur meurt, et j'vois pas de différence.

Mais qu'est-ce que j'ai fait au bon Dieu ?

J'en peux plus. J'souffre trop ! J'envoie une photo d'eux deux collés l'un contre l'autre à Max avec un :

Bon, écoute, c'est **TERMINÉ**, je ne veux plus entendre parler de toi.

Une fois de retour sur le sol français, il me répond. Mais toujours avec des mots plus que maladroits... Vous savez, ceux qui insécurisent plus qu'ils ne rassurent :

« Mais t'es malade, c'est qu'un clip. T'inquiète, y a rien. »

Moi, je n'y crois plus. Je suis une vraie fontaine ! Mais je l'ai tellement dans la peau que j'ai tendance à le croire. Une fois encore. À ce moment-là, je ne peux concevoir de ne plus le voir.

JE CRAQUE : QUAND CE N'EST PAS L'UNE, C'EST L'AUTRE !

Avril 2015

« Fan au foyer
Pour un ours mal léché
Je roule des pelles
Oui mais voilà
Tu te fais la belle la belle au Bois

Ainsi tu fonces
Et tu m'enfonces
Les cornes dans la tête
Ça me rend bête

Faut que t'arrêtes
Je craque monsieur
Je craque monsieur
Toi tu manges les filles des yeux
Et moi qu'est-ce que tu veux
Je craque monsieur
Je craque monsieur »

Zazie, Craque monsieur

Deux mois s'écoulent ; mes larmes, elles, coulent parfois. Mais aux yeux des autres, pour nous, tout roule.
Le bac approche à grands pas. Max et moi, on ne se voit pas autant qu'on aimerait : révisions pour moi à Rouen, répétitions et écriture de nouveaux sons pour lui à Paris. Mais là, Max donne un concert à une heure de chez moi au parc Saint-Paul. Comme il reste mon idole, je ne rate jamais l'occasion de l'applaudir. Trop contente, je le rejoins avec mes parents, mes sœurs et mes cousins. Je surkiffe trop de le voir dans son élément !
Les notes envahissent le chapiteau. Sa voix vibre en moi. La foule est en transe. Maxence me regarde. Il s'avance vers moi et m'invite sur scène. Là, il n'a d'yeux que pour moi !! **JE SUIS AUX ANGES.** Assise comme une reine au milieu de la scène et de son show. Il passe sa main dans mon cou. Son geste tendre me fait vivre un moment magique ! Tous les fans surkiffent grave, moi la première ! Tout près de moi, il m'invite à filmer son show pour faire sensation sur Snapchat. Ben là, forcément je suis trop tentée... vous savez... de regarder...
Tous les spectateurs ont alors les yeux rivés sur nous. Mais je ne me démonte pas. Tout le monde croit que je m'improvise réalisatrice de mon et leur idole. Eh bien non ! Je rejoue les inspectrices à la Sherlock ! Je n'ai pas à chercher trop longtemps pour tomber sur ses

conversations avec **ELLE** ! Celle à cause de qui j'ai versé toutes les larmes de mon corps depuis Miami. Et là, tous les films d'horreur que je me suis faits sur eux se concrétisent ! Le choc. La nausée me reprend. J'ai trop la rage ! Tellement que j'ai du mal à contenir l'orage qui éclate en moi.

Je découvre que Maxence a ajouté un joli petit cœur rouge à côté de son prénom. J'ai la gorge serrée. Ce qui suit me donne encore plus envie de vomir. Comme elle est « mannequin », elle lui a « gentiment » envoyé des photos de son shooting en lingerie. Le pire pour moi, c'est la réaction de Max : **« BEAUTIFUL MY LOVE ! »**

Pardon ?

Sans voix, alors que la sienne hypnotisait tous les autres, j'ai éteint le téléphone, je me suis levée, je l'ai remis à son manageur et suis descendue de scène. En plein concert. Une fois le show terminé, Max m'a rejointe à son tour. Là, évidemment, il n'a rien compris :

« Mais qu'est-ce que t'as ?

– Ben, j'sais pas. T'as rien à me dire ?

– Quoi ?

– Avec *elle*, t'es sûr qu'y a rien ? Tu te fous de moi ? »

Je lui jette à la figure leur conversation et je termine :

« Inutile de me mentir, j'ai tout lu. Maxence, **C'EST TERMINÉ**. Ne me parle plus, je ne veux plus entendre parler de toi !
– Mais écoute... »

Mais son manageur le sollicite de l'autre côté. Du coup, Maxence ne sait plus où donner de la tête. Il doit être partout. Au sommet de sa carrière surtout. J'ai juste l'impression que je passe après tout. Et encore plus maintenant qu'il vient de tout foutre en l'air !!! Je suis hors de moi. Et à aucun moment il n'essaye de me rassurer ! Il est déjà sur le départ. Paris l'attend. Mais il me glisse entre deux portes :

« Viens avec moi ce soir, j'ai une soirée. Allez, viens, comme ça on va s'expliquer. »

Tellement je suis mal, je cours pour demander l'autorisation à ma mère... qui refuse. Bien sûr, pour elle, à ce moment-là, rien ne compte plus que mon bac. Pour moi, rien d'autre que **MAX**. Je suis encore plus mal. **ÇA ME GAVE GRAVE.** Max le sent et me lance : « T'inquiète, c'est rien. Je suis désolé »... avant de me laisser pour sa soirée.

J'ai trooop mal ! Et je n'ai même pas mon mot à dire. C'est dingue, ça ! J'ai l'impression d'être spectatrice de ma vie !

Pire : une marionnette. Oui, c'est ça : une marionnette dont on tire les ficelles pour la faire bouger à sa guise. Ben oui, parce que toutes les décisions sont prises pour moi ! Ni Maxence ni ma mère ne me demandent ce que je veux, **MOI !** Je m'exécute juste en bon petit soldat.

Le soir arrive, je me sens comme une barque à la dérive. Max m'a submergée de messages. Mais pour une fois, j'ai pas répondu. Bon, j'ai dû lutter comme une malade. Comme chaque fois que je suis loin, je vis sa vie par procuration devant l'écran de mon iPhone.

Max m'a dit que la soirée se déroulerait chez un pote à nous. Alors me voilà à guetter tous les Snaps que ce dernier poste. OMG, j'ai l'impression que le film d'horreur tourne en boucle, toujours comme dans *Un jour sans fin*... Je vois notre pote qui porte... « mon cauchemar ». **MAIS IL SE FOUT DE MA G*** OU QUOI ?** J'ai trop les nerfs. Personne d'autre que Maxence ne connaît cette bombe... Donc forcément c'est **LUI** qui l'a invitée... Pire, ils y sont allés ensemble !!!

Ni une ni deux, j'envoie *la* photo qui vient de me miner grave à Maxence :

Tu te fous vraiment de moi !

Mais non ! C'est pas moi. C'est les gars qui ont voulu l'inviter parce qu'ils la trouvent trop belle !

Je vis l'horreur. Il me crève le cœur. Le pire, c'est que ça ne lui fait rien. C'est comme s'il ne le voyait pas. Carrément au trente-sixième dessous, je passe la semaine qui suit plus connectée à Snapchat qu'à mes cours. Tout ce que je découvre m'enfonce encore plus loin dans mon mal-être. Je crois devenir dingue !

Max passe toute la semaine avec ses potes et… **ELLE.** J'ai mal, si mal. Je suis les épisodes de ses… non, de **LEURS** escapades, boule au ventre et cœur au bord des lèvres. Bien sûr, elle ne s'en cache pas, elle, trop contente d'être avec lui ! Si elle avait pu l'afficher en 4 par 3 dans le monde entier, elle ne s'en serait pas privée ! Mais je vois que lui non plus. Dans leur intimité, il viole la nôtre. Il l'emmène dans les endroits où il ne m'a jamais emmenée **MOI**. Même ceux où je voulais aller avec lui. Comme cette boîte hyper stylée dont je lui parlais depuis des mois. Cerise sur le gâteau : il la présente à des potes que je ne connais même pas, moi !!! Comment est-ce qu'il peut me faire ça ? C'est la pire semaine de ma vie !

Maxence revient de cette semaine parisienne la bouche en cœur, comme si de rien n'était... Ben, normal quoi : je suis acquise... Et moi, faible, le cœur meurtri, comme je suis folle de lui, je le reprends ! Évidemment, comme toujours... Comme avant. Je suis ouf, oui, je sais ! Mais, avec lui, je ne sais pas faire autrement. Pourtant, il mène la belle vie et me fait la vie dure.
Il me promet de ne plus lui parler – j'aurais dû lui faire prêter serment, pour qu'il s'engage vraiment : **« C'EST PROMIS, JURÉ ET CRACHÉ. SI JE MENS, JE VAIS EN ENFER. »**

Je ferme les yeux sur le passé. Je vis le présent sur mes gardes. Qu'on ne m'en parle pas. Je ne veux plus entendre les rumeurs qui courent. Pas besoin, elles me reviennent toujours par mégarde. Comme cette fois où je tombe sur cette photo de « la bombe » sur Facebook : fesses en arrière, bouche en avant qui n'attend qu'un baiser de Ma2x. Impossible de le rater : son nom figure tagué en grand sur le mur... Le message est clair, pas besoin de sous-titres, si ? Pourtant, elle l'identifie, des fois qu'il passe à côté. Là, c'est moi qui suis à côté de la plaque : « Mais qu'est-ce qui se passe ? »
Les deux jouent le même jeu. Ils se couvrent l'un l'autre pour ne pas être pris en faute. Je ne suis pas de la partie. Elle me bluffe : « Mais, non, c'est juste un ami »...

C'est ça, moque-toi de moi ! Et lui n'en démord pas de son : « Mais bébé, je ne la vois plus. »

C'est bien ce que je dis : leur « nous », je l'ai rêvé toute seule. Pour me faire kiffer ? Mais bien sûr !
Je n'en tirerai rien. Je suis hors-jeu. Hors course. Max ne me capte plus. Je fais partie des meubles. Ça me fait horreur ! Mais là, s'il continue, il va devoir ramer pour les sauver ! Je ne le crois plus. Mais je l'attends inlassablement, et quand il revient, je lui ouvre les bras... **JE SUIS GRAVE**...

LE RÊVE SUR FOND DE CAUCHEMAR

2017

« Cette immense fortune d'être deux. »

Édith Piaf

Deux, oui, ni plus ni moins !!!

À l'approche de la sortie de *One Love*, je suis surexcitée ! Et aujourd'hui, c'est le shooting programmé pour finaliser mon « bébé ». On va donner le meilleur pour faire une super couverture de ouf !

Max et moi, on est descendus à l'hôtel la veille. Enfin un moment pour profiter de nous !

Le matin, au saut du lit, Max s'absente dans la salle de bains. Jusque-là, rien d'anormal. Il est accompagné de son coiffeur venu pour l'occasion. Normal, il doit être au top pour plaire ! Quand je me retrouve seule, mes doutes me reviennent tel un boomerang. Comme son téléphone me tend les bras, là sur le lit, ben forcément, j'résiste pas ! C'est bien trop tentant. Je le prends et je lis les conversations en cours. Mon cœur s'arrête aussi net : la bombe figure dans les dernières. Mais dans son cœur à lui, elle est la première :

Good night my wife.

Je suis sur le banc de touche. Mais là, lui, c'est la douche froide qui l'attend ! **J'EN PEUX PLUS...** Mais qu'est-ce que j'ai bien pu faire pour mériter un tel acharnement ? Je perds mon sang-froid. Coiffeur ou pas, je pète un câble et déboule dans la salle de bains. Hors de moi, je lui jette le téléphone en pleine tête.
« Mais tu me prends vraiment pour une c*** ? Tu vas continuer combien de temps ? »
Égal à lui-même, il n'avoue **RIEN**. Il me tient tête. Et il me ressort toujours les mêmes affirmations. Vous savez, celles qui me font passer pour la jalouse débile : « Mais t'inquiète, c'est rien. »
Mais il se paye ma tête ! Le voir imperturbable et, pire, incapable de me rassurer me rend malade. Il gâche tout. C'est « mon » jour. Un jour tout spécial, pour mon livre, ce qui compte le plus pour moi... **APRÈS LUI**.
Vous me connaissez, je ne sais pas faire semblant. Alors, bien sûr que je tire la gueule ! Le photographe a beau me répéter : « Allez, Margot, souris ! », j'ai un trou béant en moi. Je voudrais m'y cacher comme une petite souris pour ne plus rien voir ! Et surtout ne plus avoir **MAL**. Et Maxence qui en joue, comme d'habitude ! Il colle ses mains sur mes

hanches et répète inlassablement à qui veut l'entendre : « Mais c'est rien. »
Pour qui ? Pour toi ou pour moi ? Mais ça serait trop lui demander de se mettre à ma place juste cinq minutes ! Ben oui, son ego prend toute la place !

Au final, la photo n'est pas belle. Même si tout le monde n'y voit que du feu, la flamme ne brille plus au fond de nos yeux. **ET C'EST L'INCENDIE EN MOI.** Mais je l'éteins pour ne pas gâcher ce que j'ai de meilleur à cet instant : la chance de poser pour mon livre. Merci, c'est grâce à vous : **LOVE**.

UNE BOUGIE ET UNE DÉSILLUSION DE PLUS

Novembre 2016

« L'amour ne meurt jamais de mort naturelle.
Il meurt de la cécité, des erreurs et des trahisons. »
Anaïs Nin

Comme je vous l'ai toujours dit, les grandes histoires d'amour comportent des virgules, jamais de point. Alors, j'appose çà et là de plus en plus de points-virgules. Sans signer notre arrêt de mort, Maxence nous met en pause. Sans le savoir. Les points de suspension leur succèdent. Ce qui nous mène à un autre jour important pour moi : le 19 novembre. Oui, mon « jour plus vieux »... Si seulement il pouvait exaucer l'un de mes vœux les plus chers : **FAIRE RIMER « NOUS DEUX » AVEC « PLUS HEUREUX »**...

À cette période, Max et moi, on sort en trio avec Jenny, une copine du lycée. Mais la plupart du temps, on se retrouve juste toutes les deux. On est inséparables.
Je traîne tout le temps avec elle. On est connectées. Je la kiffe trop ! On se dit tout ! Alors je lui confie qu'avec Max ça

ne va plus et qu'on va – encore – se séparer. Même si lui comme moi, on sait déjà qu'on va se remettre ensemble. **C'EST UNE ÉVIDENCE.** Elle me regarde avec de grands yeux comme si j'avais sorti un truc complètement débile.
« Tu rigoles, là ? C'est bizarre.
– Ben non, pourquoi ?
– C'est juste que ça m'étonne... Bon, faut que je te dise, ça devait rester un secret, mais je te le dis quand même : Max m'a demandé de l'aider pour t'organiser un anniversaire surprise ! »
Ah bah, pour une surprise, elle est de taille ! Il se paye vraiment ma tête ! Je recommence à voir rouge. Je le connais trop, ce coup-là. À force de voir son petit manège avec les filles, je vois quand il y a anguille sous roche. Et là, c'est clair comme de l'eau de roche !
Lui qui me connaît mieux que personne, il sait que je suis raide dingue de mes sœurs et qu'elles sont tout pour moi. Et là, il la sollicite « elle », qui vient seulement de rejoindre ma dream team ? C'est du grand n'importe quoi ! Normal que je n'aie plus confiance en Maxence, non ? Y a forcément un truc qui cloche. Je sens la fausse note sur leur partition. En même temps, il m'en a tellement fait voir que j'envisage tout de suite le pire scénario. Je flaire la technique d'approche de Maxence à plein nez. Mais bon, je me ressaisis et reprends mes esprits. Je fais parler Jenny :
« Mais comment ça, il te l'a demandé ?

– Oui, il m'a invitée au McDo pour en parler autour d'un verre. Et après, il m'a proposé d'aller au ciné ensemble.
– T'as fait quoi ?
– J'ai refusé, bien sûr, j'pouvais pas te faire ça. Mais après on s'est revus pour réserver un resto sur les quais. Mais comme il n'avait pas de chèque de caution pour retenir la réservation, on y est retournés plusieurs fois ensemble. »
Ça y est, j'ai les nerfs, grave. Si elle ne voit pas qu'il la cherche, c'est juste parce qu'elle le cherche aussi ! Elle veut ce qu'il veut : sortir avec ! Ils se sont vus **SIX FOIS**, juste pour réserver le restaurant alors qu'un appel aurait suffi ? Je connais trop les faiblesses de Maxence pour croire qu'il fait ça juste pour moi. Sans arrière-pensée. J'essaye d'en savoir davantage. Jenny me montre certains des messages de Max. *C'est pas possible, je crois rêver – ou cauchemarder ! Elle aussi me prend pour une débile à faire comme si elle ne voyait pas que Max l'aime plus que bien*. Les messages sont clairs, ils crient haut et fort : « Je veux qu'on se rapproche ! »
Pour en avoir le cœur net, je décide de le tester. Oui, vous savez, comme dans les films où l'héroïne demande à sa meilleure amie de faire des avances à son mec en toute connivence. Sauf que là, c'est moi qui tiens le rôle principal. Rien que de penser que Max puisse tomber dans le panneau

me fait flipper un max. Mais... cette fois, rien ne m'arrêtera. Je suis en quête de vérité.

Quelques jours plus tard, une de mes copines fête son anniversaire. Ce soir-là, Max n'est pas là, il donne un concert. Alors, Jenny et moi, on y va juste toutes les deux. La voie est libre pour mettre à exécution notre petit scénario. Comme d'autres préméditent le casse du siècle, on a pensé à tout : on n'a posté aucune photo ni sur Snap ni sur Facebook. On n'en a parlé à aucun des potes de Max pour ne pas éveiller les soupçons. Décidée à connaître le fin mot de l'histoire, je suis cash avec Jenny. De toute façon je ne sais pas faire autrement que de mettre les pieds dans le plat, alors : « Appelle Maxence et joue le jeu, invite-le ! Je veux voir ce qu'il a derrière la tête ! »
Elle s'exécute, sans broncher. Mais Max sent le plan et ne prend pas.
Pas grave, comme ils ont déjà prévu de se retrouver le lundi qui suit à 13 heures, je briefe Jenny une heure avant. Elle va à leur rendez-vous... Et moi, je me fais un semblant de séquence shopping avec mon amie Lucile. Mais je n'ai goût à rien. Je trouve tout sans intérêt. Je me fais un sang d'encre. Tellement que j'ai les yeux scotchés sur mon téléphone ! Mon Dieu mais faites qu'il sonne ! Je ne fais qu'attendre son appel. 14 heures, 15 heures, 16 heures... 17 heures, et son nom s'affiche enfin ! Je suis tellement

sur les nerfs ! Mais je respire doucement avant de lui répondre. Jenny vient au rapport :

« Oui, Margot : il m'a fait un peu de rentre-dedans, il m'a dit que j'étais belle aujourd'hui, que je sentais bon...

– C'est tout ?

– Oui.

– Y a rien eu de bizarre ? Genre : il n'a pas essayé de t'embrasser ?

– Non... »

Son ton hésitant m'angoisse grave. Mais là, j'en peux plus, je dois savoir ! Je décide de confronter leurs deux versions le jeudi qui suit. Le rendez-vous est pris avec Jenny. Maxence, lui, croit à un tête-à-tête.

Quand il débarque sur le parking et aperçoit la silhouette de Jenny, je le vois se décomposer. Rien que ça, c'est un aveu... malgré lui. Pour moi, il n'a même pas besoin de parler.

« **C'EST BON, C'EST FINI !** »

Je lui déballe tout du premier au dernier rendez-vous. **SIX** rendez-vous pour réserver un resto ! Mais il ne trouve pas UN mot d'excuse. Il ne prend même pas la peine de chercher à me rassurer. **RIEN.** Pris à son propre jeu, il bat en retraite. Et moi je suis défaite. Je suis au plus mal. Comment il a pu me faire ça ? Encore une fois...

« Y a cent milliards de filles sur terre, et ça ne te suffit pas ? Non, tu choisis justement *ma* pote ?! Mais c'est quoi ton problème ?

– Mais vas-y, arrête de me prendre la tête ! »

Et il me plante là ! Il fuit ! Jenny se rappelle à notre bon souvenir... Elle me sort : « Margot, viens, faut que je te montre ses messages. »

Non mais j'y crois pas ! Elle abat l'atout après la bataille. Mais je rattrape le coup. Ils n'allaient pas s'en sortir comme ça en me laissant sur le carreau !

« Maxence, reviens là ! »

Il sent le danger et tente de m'arracher le téléphone des mains. J'ai juste le temps de le planquer dans ma cuissarde et de courir me réfugier dans ma voiture. Je me dépêche de démarrer et m'éloigne de quelques mètres. Maxence a lâché l'affaire, mais Jenny m'a suivie. Elle monte et s'assoit sur le siège passager. Je revisite les messages et fais un arrêt sur image sur celui qui précède leur rendez-vous de lundi...

Jenny :
Dis-lui que tu m'aimes bien.

Maxence :
Si je lui dis, c'est la fin du game et y aura plus de série...

GAME OVER, BÉBÉ ! T'AS VOULU REJOUER ? CETTE FOIS, TU M'AS PERDUE. J'en crois pas mes yeux. Et pourtant va falloir les ouvrir. Mais pincez-moi, je veux me réveiller ! Je reviens vers Maxence. Jenny ne me quitte pas d'une semelle.

Face à face, je lui mets les messages sous le nez et lui crie un : « Tu m'expliques ? »

Rien.

« C'est fini. Je prends mes affaires et c'est terminé ! »

C'est ravagée que je me dirige vers chez lui, le feu au ventre. J'me reconnais plus. **HYSTÉRIQUE.** Je me déteste quand je suis comme ça : une véritable furie. Je ne contrôle plus rien. Le mal a pris la main... Mais là, c'est pour mon bien. Même si je ne le sais pas encore. Je me retourne... mais cette fois, c'est lui qui est resté planté là-bas !

Je n'y crois pas ! Même pas il me court après ni ne cherche à me retenir ! Non ! La seule chose qui compte pour lui, c'est... d'effacer tous les messages sur le téléphone de Jenny ! Mon ego en prend un coup – un de plus. Et elle, mais elle, j'ai envie de la secouer pour la réveiller aussi ! Elle se plie aux caprices de monsieur comme si elle était sa petite amie. Je ne peux me retenir de revenir pour lui dire : « Mais t'es qui, toi ? Tu crois que c'est ton mec, pour lui obéir au doigt et à l'œil quand il te demande ton téléphone ? »

Ma colère sortie, je rentre chez lui pour rassembler mes affaires. Là, je tombe nez à nez avec mon pire cauchemar : la parolière (bon, OK, c'est le second après le top model !), en survêt chignon… en mode moi le week-end chez Max. Il nous aurait interchangées qu'on n'y aurait vu que du feu. J'avais zappé qu'elle était venue pour… écrire des sons… Là, plus possible de l'ignorer. L'évidence me saute aux yeux. Suis scotchée. C'est ça, bien sûr, ils ne sont **« QUE DES AMIS DE TRAVAIL »**. J'suis vraiment trop c*** !

Ça tourne, j'ai des vertiges. C'est l'horreur. Je sens un grand vide en moi. Je sors, détruite, mes affaires sous le bras. Maxence me rattrape au passage et m'attire vers ma voiture en me disant : « Viens. »

Et ses larmes coulent. Elles sont des armes redoutables pour moi. Je l'ai grave dans la peau…

« Je suis désolé.

– Ben oui, c'est facile de pleurer une fois que le mal est fait.

– Mais c'est pas ma faute. C'est Jenny qui m'a fait du rentre-dedans. »

Et voilà… il sème le doute et je tombe à mon tour dedans. Ne sachant plus qui croire, je m'en remets à mon cœur… et lui, bien sûr il veut encore croire en nous. Je tourne la page de cet épisode noir.

Même si j'avais déjà eu ma surprise avant l'heure… comme celle de souffler mes dix-neuf bougies. Oui ! Le 19 novembre nous rassemble tous ! Cinq ans que je fais tout avec Lui. IMPOSSIBLE de casser notre rituel. Il manquerait trop dans le tableau familial.
Hantée par tous nos bons souvenirs, je ne résiste pas au désir d'en écrire encore. J'invite tous ceux que j'aime, donc Maxence, bien entendu, et… Jenny. Forcément ! Oui, je crois encore le rêve possible. À moins que je ne fasse semblant d'y croire pour changer le cours de l'histoire ?
Je sens bien que je mets une fois de plus ma fierté dans ma poche. Mais chaque fois Cupidon décoche une flèche pour qu'on se rabiboche, Max et moi. Et ça marche ! Même si, à force, Max me fait marcher sur la tête et nous amoche.
Je suis en mode observatrice et scanne leurs moindres gestes. La photo est caricaturale ! Ils débarquent chacun son tour, ne s'adressent même pas un bonjour. Tous les deux tentent de se fondre parmi les autres invités. Ils s'évitent et se retrouvent fatalement chacun à l'autre bout de la table comme dans *La Guerre des Rose.*
Franchement, je kiffe trop de les revoir ! C'était important pour que je voie ma journée en rose. Je sais, je suis dingue, mais c'est plus fort que moi.
Tout se passe à merveille. Je suis gâtée par tous… et par Maxence, surtout. Comme à son habitude quand il a

quelque chose à se faire pardonner, il sort le grand jeu et me couvre de cadeaux. Il a visé juste : il m'a offert le porte-monnaie Louis Vuitton assorti au fameux sac... celui qui avait chatouillé sa jalousie, oui !

AIMER EST PLUS FORT QUE TOUT... à ce moment-là, j'y crois. Je l'avoue... alors j'ai repardonné. Y a eu tellement de mal de fait depuis le début que pour moi, quand il recommence, c'est normal... Oh là là... Pauvre de moi ! Mais ça a brisé quelque chose en moi. Normal, quand on déchire une photo, même quand on la recolle, elle n'est plus jamais la même. Même quand on aime pour deux.

PLUS RIEN NE SERA JAMAIS COMME AVANT !

Fin 2016

*« Ce qui me bouleverse, ce n'est pas
que tu m'aies menti, c'est que désormais
je ne pourrai plus te croire. »*

Nietzsche

À partir de cet épisode, notre histoire suit son cours. Mais j'sens bien que je ne suis plus dans *Love Story*... ni *Pretty Woman*... Je suis avec Maxence. À la différence près que je n'arrive plus à m'investir. J'ai ouvert les yeux : plus rien ne va. On vit en décalé, sans qu'il soit à l'autre bout du monde. C'est notre monde qui ne tourne plus rond du tout. Pour un musicien, il ne bat plus la même mesure que moi ! Nos rythmes sont dissonants : lui émerge à 15 heures, moi, à 11. Oui, je ne me lève pas non plus comme les poules, ce n'est pas un scoop.

Quand je pense à notre vie, c'est flagrant : y a plus grand-chose qui va dans ce qu'on vit ensemble. Oh mon Dieu, les papillons se sont fait la malle !!! C'est que ça va vraiment mal... Plus rien dans le ventre quand on se retrouve... Pire :

on se tape sur le système ! Dès qu'on fait une sortie, on se prend grave le chou ! Je réalise que Max n'a plus vraiment voix au chapitre. Une page s'est tournée.
L'histoire – enfin, tous les épisodes de la saga Maxence – me hante de jour comme de nuit. C'est comme si j'étais au premier rang d'une salle de ciné vide. Tous feux éteints, sur le grand écran défile le remake des pires moments d'*Un amour de jeunesse* et de *One Love*. Sauf que là, mes larmes ne coulent plus sur mes joues, mais à l'intérieur... Elles ont délavé notre amour. Et, truc de ouf : Maxence est tombé de son piédestal. Ce qui change tout, au final. La fin a un autre parfum. La comédie risque de tourner court... Le mal a parlé. Mais là, on est encore les héros principaux de « notre » love story.

La donne a changé. Alors quand mes sœurs m'apprennent qu'elles partent se dorer la peau sur une plage en Thaïlande, mon cœur balance. Croyez-le ou pas, mais Max, là, ne fait plus le poids. **QUAND ÇA NE VEUT PLUS, ÇA NE VA PAS.**
C'est notre train d'amour qui déraille. Il n'est plus de taille. Je me suis battue comme une folle alors que la bataille était perdue – d'avance ? Maxence courait trop après la reconnaissance. Mais surtout après l'admiration de ces « bombes ». Et elles, bien sûr trop contentes, elles

faisaient les belles ! Max, trop flatté d'avoir sa petite cour, quand ça le faisait, eh bien, il ne se gênait pas. Il y allait. Sans penser qu'il risquait de « nous » perdre.

Dans le scénario, Max cache toujours des dames dans son jeu. Il s'en sort chaque fois avec son joker : ma dépendance... Il sait que je suis grave accro à lui. Alors il en abuse... consciemment ou inconsciemment ? Le résultat, c'est du pareil au même. La preuve, même si je n'entends plus parler de ces demoiselles, leurs ombres planent toujours. Et j'en peux plus de craindre qu'il s'en cache une nouvelle dans sa cour.
Mais Dieu est grand, et « Le hasard ne frappe jamais par hasard », disait Jacques Prévert. Mais carrément ! Ce qui m'arrive est **TROP PUISSANT** pour ne pas être écrit dans mon destin !

Je me fais pirater mon compte Facebook **CINQ FOIS** ! Oui, vous avez bien lu. Chaque fois, je réussis à récupérer mon mot de passe. Mais, chance ou malchance, la sixième fois j'essaye, réessaye, sans succès. J'ai trop les nerfs ! Tout ça pour ça ! Du coup, je laisse tomber !
Je crée un nouveau compte... Vous savez, c'est tellement bien (ou mal) fait, que Facebook vous suggère des « amis ». Le tout premier : « Maxence Sproul. » J'y crois pas ! J'hésite avant de cliquer dessus. Y a tellement de

fakes ! Et comme je connais très bien le compte de Max, celui-là me semble sans intérêt... Pour une raison que j'ignore, j'y vais quand même cette fois-ci. Ça m'intrigue ! Je clique dessus et jette un œil à ses « amis ». Tous ses potes y figurent... Mais c'est pas tout. J'y retrouve d'autres comptes également, qui défigurent toute la confiance que je lui ai accordée malgré ses petites histoires.
Toutes les filles à cause desquelles je me suis pris la tête pendant cinq ans sont réunies dans le harem de monsieur...
Pas de nouvelles prises, mais **JUSTE MES PIRES CAUCHEMARS** : la bombe, le top model... le comeback. Ça veut dire que chaque fois qu'il m'a dit qu'il coupait les ponts et les supprimait de son compte Facebook, il les ajoutait de l'autre côté sur ce compte... « sous-marin » dans mon dos... Sa planque était toute trouvée. J'y crois pas, non mais j'y crois pas !!! **C'EST PAS POSSIBLE !**

Cette fois, je mène l'enquête jusqu'au bout. Des fois que ce soit encore un compte fake... Quand j'appelle sa manageuse, je suis encore dans l'espoir et je m'dis que c'est qu'un cauchemar de plus... et la seconde d'après, je plonge dans la désillusion totale. Dans les deux cas, je veux me réveiller !
« Je me suis fait pirater mon compte Facebook, est-ce que tu peux s'il te plaît me dire si c'est bien le compte

de Maxence ? Il y a beaucoup de fakes, je n'aimerais pas me planter.
– Oui, oui, c'est son deuxième compte, ça ! »
Ça tangue à nouveau en moi : **J'AI LE MAL D'AIMER**...
Ni une ni deux, j'envoie juste la photo de son compte... Je le connais tellement bien que je sais qu'il va m'appeler dans la minute qui suit.
Gagné !
« Oui ?
– Écoute, là, c'est vraiment terminé, tu peux me supprimer de partout. »
Défaite, je le bloque. Il me les a toutes faites.
Je n'en reviens pas. Je sens un vide abyssal m'envahir. Mais c'est pas comme les autres fois. Mes sœurs, elles, n'y croient pas. Forcément, c'est comme Pierre qui criait au loup ; le jour où il est arrivé pour de vrai, personne ne l'a cru.
« Tu es tellement faible que tu vas retomber dans ses bras. »
Mais non. **PLUS JAMAIS...** Il m'en a trop fait. Et alors, quand la super parolière a fini par m'avouer que Maxence et elle s'était bien embrassés alors qu'on était encore ensemble, ça m'a achevée. Et même si j'avais été tentée de le retrouver, là, même pas en rêve.
C'est bel et bien fini. Je l'ai dans la peau, je l'aime encore, mais c'est mort ! Il m'a tuée. J'ai tout donné. Je l'ai aimé

pour deux. J'ai mis du Tipp-Ex sur toutes ses ex. Mais j'en ai plus pour les futures. Et le nôtre, de futur, il n'est même plus conditionnel, il se conjugue au passé !
Je prends sur moi et ravale ce qui me reste d'amour... pour lui. Je l'appelle pour lui dire que je dois lui parler.

VOILÀ, C'EST FINI

2017

« Voilà, c'est fini
Nos deux mains se desserrent de s'être trop serrées
La foule nous emporte chacun de notre côté
C'est fini… hum, c'est fini. »

Jean-Louis Aubert,
Voilà, c'est fini

C'est dans sa cuisine, entre les souvenirs de « nous » et un avenir sans, que j'écris le dernier chapitre d'*Un amour de jeunesse.* Peu banal. J'y mets les formes parce qu'au fond cinq ans ça compte. Je lui dis qu'on a vécu le meilleur. Mais qu'on a épuisé tous les stocks de bonheur ; que toutes les bonnes choses ont une fin, donc que notre histoire s'arrête maintenant. **LE VOILÀ, LE POINT FINAL.** Il me regarde. Il ne réagit même pas. Il se serait pris un reproche de la part d'un de ses potes qu'il aurait été plus expressif ! J'ai trop mal. Mais tu vas montrer que tu m'aimes, oui ? Même là, il répond aux abonnés absents. Même pas il essaye de rattraper le coup par un : « Mais bébé, non, ne pars pas, je vais changer. »
Rien.

Je rentre, le cœur blessé, l'ego défoncé. Dans ma tête tout s'embrouille : la p'tite bouille d'amour de celui que j'appelle encore « mon Max » et celle, défigurée, de celui qu'il est devenu. J'ai deux Max qui se battent en moi. Mais aucun qui me tient la main. J'arrive pas à y croire. J'ai tellement cru à notre histoire que je nous voyais trop vivre ensemble. **J'AI TROP MAL.** C'était l'amour de ma vie, je ne voulais que lui. Je n'aimais que lui. Mais moi, je ne lui suffisais pas. Pourquoi ? Mais dites-moi… **POURQUOI ?** Mon idéal a pris un coup dans la gueule. Et moi, j'ai le cœur K-O. En miettes. D'accord, c'était peut-être trop passionnel puisqu'on s'est brûlé les ailes. Pire, on s'est cramé le cœur, le corps au quatrième degré. Si, sur la peau, le temps efface toujours les traces des meurtrissures, dans le cœur et l'esprit, il en tapisse tous les murs. Je peux encore en revisiter les scènes les plus sombres.

Comme celle de ce soir-là dans ma voiture. À ce moment-là, nous étions encore ensemble. Maxence et moi, on se rend à la salle de sport pour m'inscrire à la boxe. Je suis au volant et on discute de tout et de rien. Son téléphone sonne. L'ambiance vire quand ce que je perçois sur l'écran me sonne à mon tour. **J'HALLUCINE GRAVE.** Il m'aurait logé une droite dans la figure que la douleur n'aurait pas été pire ! Un de ses potes lui demande s'il a des news d'« elle » en lui montrant une photo… « Elle », c'est la fille sur la photo qu'il lui jette et qui en jette sur son iPhone. Je me

la prends en pleine face : une blondasse aux seins tellement siliconés qu'elle en perd son naturel. Là, c'est moi qui fais grise mine. J'en peux plus. Non mais j'y crois pas, ça recommence. Je pète grave un câble. Et Max qui me sort sa réplique habituelle : « Tu me casses les couilles ! »
Tout part de là, car s'il pensait plus avec son cœur qu'avec ce qu'il a dans son caleçon, nous n'en serions pas là pour la énième fois. Trop vénère, j'ai voulu lui pousser la tête de la main dans l'élan de mon « Tu me saoules ! ».
Aïe. Il s'est pris la fenêtre. Il a rétorqué par une claque dont ma tête se souvient encore. Mon corps et mon cœur hurlant de douleur, j'ai fini par asséner : « Vas-y, casse-toi et rentre chez toi. »
Méconnaissable, il a ouvert la portière, est sorti de ma voiture et, défiguré par la rage, a craché son venin sur mon siège passager avant de la claquer d'une force à tout démonter.
Décidément, quand j'y repense, ma voiture, c'était **LA SALLE DES TORTURES**. On s'y est engueulés un nombre incalculable de fois. Certaines plus fortes que d'autres... Comme cette autre-là. On était posés tranquilles sur un parking à déguster notre McDo. Et vlan, voilà que les sujets qui fâchent reviennent sur le tapis. Ceux qui nous ont ruinés : **L'ARGENT, LES FILLES ET LA FAMILLE**. Là, ça y est, la mienne en prend pour son grade et le ton se dégrade. Quand on s'en prend à mes proches, c'est les flèches de la colère

que je décoche ! Et là, je ne vaux pas mieux que lui, mes mots dépassent ma pensée.

« Moi non plus, j'en peux plus de toi et de ta famille ! Ils me font passer pour une folle ! »

Il est piqué au vif ; son accès de colère l'emporte dans un élan encore plus vif et il rétorque : « Et toi ta famille, tu crois que c'est quoi ? »

... Et il me jette son McFlurry en plein visage.

La rage s'est emparée de moi. Instinct de survie ou réflexe de self-défense, je ne saurais dire. Mais ce que je sais, c'est que je me suis détachée, j'ai ouvert sa portière et je l'ai jeté dehors. J'ai démarré en le regardant s'éloigner dans le rétro. Mais... je me suis arrêtée. Je n'ai pas pu tracer ma route sans lui. Impossible. Malgré tout le mal qu'il me faisait, je l'avais grave dans la peau, c'était inutile de le nier. Alors on a beau me dire tout ce qu'on veut, ça déroute. Et voilà que défile le pire scénario dans ma tête : lui tout seul à cette heure au Bois-Guillaume. *Mais merde, je peux pas le laisser comme ça !* J'ai fait demi-tour... il était là, son regard hypnotisé comme celui d'un renard par mes phares. Il est remonté dans la voiture, s'est excusé et a tout nettoyé. Et nous voilà repartis, le feu aux joues, la flamme dans le cœur.

Si j'ai le cœur qui cogne toujours quand je le retrouve, ce soir-là, **SEPT MOIS AVANT LA FIN DE NOTRE HISTOIRE**, ce n'est pas d'impatience de le revoir. Dans le noir de la piste, la boule à facettes se reflète dans les yeux des garçons et des filles qui scrutent visages, danses et corps en transe. Moi, c'est l'autre facette de Maxence qui enflamme tous mes sens. Là, sous mes yeux, une de nos copines danse sur un des tubes de Max… et lui, comme envoûté par cette gazelle, danse à distance, puis il la raccourcit petit à petit à mesure qu'il avance au rythme des paroles de sa chanson qui se fait plus intense. Il danse contre elle. Il se frotte à elle. Je pourrais en vomir quand il ne me calcule pas comme ça. Je m'interpose et là, avant que je n'explose, Naomi me jure sur la tête de son père qu'il ne s'est rien passé entre eux ! Max finit par la zapper. Il se sent en danger, bien entendu… Il change de masque comme chaque fois après ses frasques. Il se rapproche de moi, m'attire à lui pour me faire un câlin. Je m'extirpe de ses bras. Mais il croit quoi ? Que je peux encore passer l'éponge alors que j'ai tous ses dossiers qui s'accumulent et qui me rongent ? Il faut à tout prix que je sorte de là.

Quand on se retrouve seuls à l'appart, ça dérape. Comme jamais. Il m'attrape par le cou et le serre fort. Fort. De plus en plus fort. Il m'étrangle. Je me débats et tente de desserrer ses mains. Je manque d'air. Je sens que je défaille. Conscient qu'il déraille, il finit par relâcher son emprise. Mais il a tellement comprimé ma gorge que je suis prise de vertiges et je cherche mon air. Mon cou me brûle. La morsure d'un suçon aurait été bien plus douce que cette lente agonie. C'est là

que Maxence réalise la folie de son geste et s'écrie comme effrayé par lui-même : « Mais qu'est-ce que j'ai fait ? »
Alors, oui, quand le ton tournait et que le son montait, on en venait aux mains... souvent, mais jamais rien de méchant, sauf cette fois-là. Mais dès que le sang coulait, on se jetait dans les bras l'un de l'autre. Et on serrait fort, fort, fort pour effacer le bleu, le rouge par le rose de nos lèvres scellées. **ON S'AIMAIT COMME PERSONNE.** Personne ne pouvait nous séparer. Même pas elles... Ensemble, on était plus forts que tout, tous. Il ne pouvait rien nous arriver. Enfin, c'est ce que je croyais...
Mais dis-moi, Maxence, qu'est-ce qui nous est arrivé ? Nos aimants qui s'attiraient tout le temps ont changé de polarité... Mais quand ? Quand la popularité t'a magnétisé. Ce n'est pas l'amour qui nous a tués. C'est un trop grand amour pour l'argent, la reconnaissance et la gloire... Comme vous, j'ai trop de mal à y croire. La vie a fait en sorte de me le faire voir. J'ai compris, **LA PASSION, C'EST PAS DE L'AMOUR**. On se tue pour se sentir vivant. Mais l'amour, ce n'est pas non plus tester la profondeur de ses sentiments en explosant les limites.
Aimer, c'est donner sans compter ; mais en duo...
Après toutes ces fausses notes, tout sonne faux, une vraie cacophonie : c'est l'enfer !
Pourtant, **PAS UN INSTANT JE N'AI REGRETTÉ**. Je ne regrette toujours rien et ne regretterai jamais de l'avoir

aimé… Il ne saura peut-être jamais que j'ai souvent souhaité ne pas avoir à écrire ce livre, ces lignes qui sonnent notre fin. J'aurais préféré rester dans l'anonymat le plus complet pour vivre notre amour en entier. Mais… notre destin en a décidé autrement. J'aime ma vie, mais je l'aurais surkiffée cent milliards de fois plus avec lui.
Mais, **GAME OVER**, les pauses nous ont eus à l'usure. À force de s'aimer au ralenti, ses conneries nous ont scotchés. Il m'a éjectée… Bien amochée, je dis STOP. Le courant passait trop bien. Maintenant il ne passe plus : **JE NE L'AIME PLUS**. Je ne sais qui de nous deux se sent « le plus con, le plus pourri, le plus débile ». Mais ce que je sais, c'est qu'aujourd'hui *Un amour de jeunesse* et *One Love* ne prendront pas une ride ni un cheveu blanc. Dans mon cœur, il a laissé un grand blanc. Trop, trop grand.

« J't'ai vue partir avec mes rêves, toi t'étais mon paradis. »

Max, tu le chantais sur les ondes, je te le confie
à mon tour devant les yeux du monde.
SOIS HEUREUX, QU'ON NE REGRETTE PAS NOTRE AMOUR DE JEUNESSE.
Décroche ta lune sans te laisser éblouir
par toutes les étoiles… pour être heureux,
il n'en suffit que d'une.

- 2 -

MES ATOUTS CŒUR, ILS ONT FAIT CELLE QUE JE SUIS

À première vue, on pouvait croire que Maxence était l'unique pilier de ma vie. En fait, j'en ai bien plus : et ce sont des rocs !

LES LIENS DU SANG

« L'amour est le plus puissant
comme le plus doux des liens qui unissent
entre elles les créatures humaines ! »

Goethe

C'est quitte ou double, ils vous construisent ou vous détruisent. Don ou absence d'amour. C'est ce qui fait grave la différence... et au final **« NOTRE » DIFFÉRENCE**. Cette manière qu'ont nos parents de nous aimer, et surtout de le manifester. C'est c'qu'on appelle être né sous une bonne – ou mauvaise – étoile !

Se sentir aimé, c'est le sentiment le plus fort qu'on puisse ressentir. Grave ! Aimé, rien ne peut nous arriver ! Par contre, à l'inverse... on est un petit animal tout vulnérable sans le bouclier de leur amour. Oh, ça, c'est tellement dur et injuste !

Si on pouvait croire que Maxence était le centre de ma vie, des piliers, j'en ai un paquet. Je suis entourée de personnes qui m'ont prouvé par mille mots, mais surtout par mille gestes, qu'elles m'aiment et veillent à mon bonheur. Depuis le premier jour de ma vie, je sais que je suis bien née. Je n'ai même pas eu l'ombre d'un doute. Et pour moi, c'est le cadeau le plus beau qu'on puisse nous faire dans une vie. Parce que, grâce à eux, je ne cours pas après l'amour. **JE L'AI À L'INTÉRIEUR DE MOI.** Le leur… Merci. J'ai trop de chance de sentir leur amour en permanence. À aucun moment j'en ai manqué.

Savez-vous que c'est notre relation à eux, à notre famille, qui conditionne toutes celles que nous nouerons dans notre vie ? Que c'est sur ce modèle que se tisseront nos cœurs les uns aux autres ? Incroyable, non ?

C'est grâce à eux que j'ai en moi cette joie et cet amour depuis toujours et aussi…

Mais avant de vous parler d'« elle », venez, suivez-moi que je vous présente ma famille de sang comme on dit : pap's, mam's, Marine et Maé… mais aussi ma famille de cœur !

Tous m'ont tenu la main, quand elle cherchait celle de Maxence. Leur présence a comblé son absence… Ils m'ont aimée avec constance quand lui m'aimait par intermittence…

MON PAP'S : LA GÉNÉROSITÉ D'UN PÈRE NOËL

Joël

> « *Un père est le miroir dans lequel la petite fille,*
> *puis l'adolescente, peut discerner les prémices*
> *de la femme qu'elle deviendra.* »
>
> *Geneviève Bersihand*

Ah, mon pap's… c'est comme mon pote ! Toutes les conneries, on les fait ensemble ! On ne peut pas s'en empêcher. **DE VRAIS GOSSES !** Y en a pas un pour rattraper l'autre ! D'ailleurs, mam's et mes sœurs ont bien remarqué mon p'tit manège. Alors, chaque fois qu'elles voient que je lance un clin d'œil complice à papa, j'ai droit à un : « T'aimes trop engrainer papa ! Mais laisse-le tranquille ! »
Si je commence à danser et que je le regarde avec un p'tit sourire en coin… ça loupe pas, il me suit ! Et si en plus je me mets à chanter, ben là, plus rien ne nous arrête ! **J'AIME TROP QUAND IL EST COMME ÇA !**

Mon pap's, c'est la joie de vivre incarnée ! Tout le monde l'aime. Normal, c'est un grand enfant. Il n'en loupe pas une pour donner le smile. Comme il a un max d'humour, il en sort toujours une qui met la bonne ambiance. Mes cop's l'ont carrément adopté. Ils en ont même fait **LEUR**

MASCOTTE ! Ils me demandent tout le temps : « Allez, viens, on appelle Jojo ! »
Moi, je les calme avec mon « Nan... laissez-le tranquille », mais c'est pour rire. Du coup, c'est devenu un petit jeu entre nous. Ils l'adorent d'une force, c'est trop beau ! En même temps, je les comprends parce que **MOI, JE SUIS FAN**.

J'suis sûre que si je vous dis qu'il fait autant de conneries qu'un môme de huit ans, vous allez grave vous prendre d'affection pour lui vous aussi. Allez, je vous raconte une petite anecdote qui vaut sa dose de rires !
Vous savez, à l'école primaire, y a toujours des sorties d'organisées. Cette année-là, avec le parfum fleuri du printemps arrive... la sortie en forêt ! Forcément, quand je rentre ce jour-là et que je dis à papa qu'il faut des parents pour nous accompagner, il ne se fait pas trop prier. Si vous aviez vu son regard pétillant de malice... C'était sûr qu'il allait nous la faire à l'envers... pour nous plaire à nous, les enfants ! Une fois sur place, ben ça a pas raté : venu pour nous cadrer, c'est lui qui s'est fait recadrer par la prof ! MDR ! Pris en flag de bataille de pommes de pin... Il se fondait dans la foule des autres gamins.
Aux anniversaires, il fait le clown. Mais il le fait aussi dans la vie de tous les jours. On l'arrête pas, mon pap's.

Il est paysagiste ; hors pair ! Mais ce qu'on ne précise pas, c'est qu'il plante des graines de joie çà et là dans l'cœur de ceux qui pleurent... et partout où d'autres ont semé le malheur. C'est un père Noël qui distribue des cadeaux fabriqués dans l'usine de son cœur toute l'année. C'est un joyeux pierrot qui décroche la lune dans les ciels les plus sombres... Un magicien, je vous dis !

Il ne dit pas les choses, mais on sait que ses bras sont toujours ouverts. Il le dit lui-même :
« LA CHALEUR HUMAINE, C'EST LE MEILLEUR DES REMÈDES : UN BON CÂLIN, ÇA REQUINQUE TOUT LE MONDE. »

La force des actes n'a jamais succombé à la faiblesse des mots chez mon pap's. Jamais. Quelle valeur ! Donner sa parole et la tenir... ben, j'y tiens et c'est comme ça que je suis moi aussi. C'est aussi ça, le respect. Ça m'plaît trop qu'il soit comme ça. Ça compte beaucoup pour une fille de savoir qu'elle peut compter sur son papa... C'est pour ça qu'il n'a trop pas aimé quand Max disait, disait... mais ne faisait pas.
Heureusement qu'il a été là quand ça a déraillé. Ses bras ont été mon refuge plus d'une fois. Même si, on le sait

vous et moi, ils m'ont protégée, réconfortée... mais n'ont jamais remplacé ceux de Max...

Il a tout gardé pour lui. Il est tout de suite tombé sous le charme de **CE « BON P'TIT »**, comme il appelait Maxence. Complices, ils jouaient à des jeux comme deux gosses ! Il l'aimait bien tant que ça allait bien. Ben oui, comme tous les parents ; dès que le vent a tourné... son sentiment lui aussi a viré de bord ! Il aurait bien passé Maxence par-dessus bord ! Parce qu'il ne dit rien, mais observe beaucoup. Il sentait qu'« il se passait tout le temps des choses à Paris... ». Alors quand ça a pris une mauvaise tournure... ben forcément, il n'a pas aimé ça **DU TOUT, DU TOUT, DU TOUT**. Pour lui, ça ne présageait pas un futur épanouissant... pas de futur du tout, même !
Du jour où il m'a vue trop mal, il ne m'a rien dit. Il a respecté. Il a continué à écouter silencieusement ce qui se passait. Sans jamais intervenir autrement qu'en me serrant fort dans ses bras. **MAIS POUR LUI, C'ÉTAIT FINI** : il ne ferait plus confiance à Maxence.

Certains signes ne trompent pas. Et au fond de lui, il savait qu'on ne resterait pas ensemble et ça le rassurait. Parce qu'un père ne peut supporter de voir souffrir sa fille. Normal. Mais ça, il se gardait bien de me le dire,

tout pudique et respectueux qu'il est. L'exemple le plus parlant est sa dépression.
Suite à un accident qui l'a laissée brûlée, ma sœur Marine a flotté entre la vie et la mort. Impuissant face à la douleur de l'une de ses filles, mon pap's a perdu pied, pensant la perdre. Lui qui donne tant pour faire briller le soleil pour nous tous les jours s'est senti démuni malgré tout l'amour dont il l'entourait. C'est comme ça qu'il a doucement glissé dans le jeu. Pour donner le change à la tristesse. Mais comme ça n'était qu'un leurre, il passait des heures à jouer, pour ne plus sentir le mal. Heureusement, Marine s'en est sortie. Aujourd'hui, elle rayonne de joie. Mon pap's, lui, a cessé de jouer, sauf avec nous ; son humour est resté intact pour notre plus grand bonheur !
Je sais aujourd'hui qu'il a eu peur de me voir ne pas me relever... Il a confié un jour : **« MAIS DANS QUEL ÉTAT ELLE VA ÊTRE QUAND ILS NE SERONT PLUS ENSEMBLE ? »**
S'il donne plus souvent dans le retrait, c'est parce que pour lui « la parole est d'argent, le silence est d'or »...

C'est tout lui ! Laisser ses oiseaux prendre leur envol, portés par les ailes de son amour respectueux. Bon, je le soupçonne tout de même d'avoir fait passer des messages par mam's. Gentiment bien sûr, mais il les a fait passer ! C'est sûr... parce que j'avoue qu'il m'arrive parfois de me percher sur le haut des marches et de les écouter... bon, OK, de les « espionner » ; mais juste comme ça ! J'adooooore ! On dirait deux commères : complices, ils se charrient, ils rient... Un quart d'heure de bonheur !

IL A EU CE REGARD QUI VOUS DONNE LA FORCE DE TENIR DEBOUT QUAND LE MONDE SE DÉROBE SOUS VOS PIEDS. Il n'a jamais cessé de croire en moi. Et je lui ai donné raison : parce que **SI JE SUIS TOMBÉE, JE ME SUIS TOUJOURS RELEVÉE**. Et surtout, j'ai retrouvé la joie de vivre qu'il aime tant. Il me l'a transmise avec ces autres valeurs qui vous forgent un cœur. Pour lui, rien ne compte plus que sa femme, ses enfants et rire ensemble... Bon, manger en famille et voyager, aussi. Tout le reste lui importe peu. Je suis de la même étoffe... c'est ma force. L'essentiel... le reste est superficiel.
Merci, papa.

Grâce à lui, je pense aussi que « ce qui est vécu est vécu ». Il nous répète souvent que « Rien ne doit nous freiner dans notre élan... La vie continue quoi qu'il arrive ».
Un peu le « Tout ce qui ne nous tue pas nous rend plus forts » de Nietzsche. On doit faire avec ce que la vie met sur notre chemin. Trop vrai ! C'est lui qui m'a transmis la certitude que la vie est tracée... Inch'Allah !
MERCI POUR ÇA. MERCI POUR TOUT. MERCI D'ÊTRE TOI. MERCI POUR NOUS.

T'AS PAS IDÉE DE COMBIEN JE T'AIME ! Pour nous, j'veux des années de conneries, de fous rires, de complicité... et qu'on vive tout ça avec tes p'tits-enfants ! Je sais que c'est à ton bras que je dirai « oui » à la mairie, sur **« STAND BY ME »**. Le début d'une autre vie avec l'amour de ma vie, mais pour nous et nos conneries aussi ! Ben grave, entre nous, ça sera toujours la même ! On ne change pas une équipe qui gagne ! Toi et moi, c'est pour l'éternité !

T'ES UN SOLEIL, MON PAP'S : rayonne encore et toujours plus foooort ! Je ne me lasserai jamais, **JAMAIS** de te regarder, de te serrer, de t'entendre rire... **PROMIS,** de mon côté, je n'changerai pas, je garde le smile !

JE DONNERAIS MA VIE POUR TOI.

MAM'S : LE CŒUR ET LA FORCE D'UNE LIONNE !

Véronique

« L'amour d'une mère pour son enfant ne connaît ni loi, ni pitié, ni limite. Il pourrait anéantir impitoyablement tout ce qui se trouve en travers de son chemin. »

Agatha Christie

C'EST MA TROISIÈME SŒUR ! ELLE EST PARFAITE. C'est mon modèle, elle a tout pour elle ! Et elle a tout réussi. C'est un peu comme si elle avait écrit mon rêve de vie. Si, si, je vous assure. Vous voulez savoir à quoi ça ressemble ? Je vais vous raconter...

Belle comme un cœur, mam's a mené ses rêves d'une main de maître, **UN TRUC DE OUF**. Elle s'est mariée avec son unique amour, mon pap's ! Fous amoureux, ils nous ont eues, nous, trois **MERVEILLEUSES** filles. Ben quoi ? c'est vrai ! Et ils ont construit la suite de leurs rêves grâce à la passion qu'ils ont tous les deux pour leur métier et... **LES GENS** ! Maman panse les plaies du corps et de l'âme en tant qu'aide-soignante. Mais elle ne s'arrête pas là, elle joue les fées du logis dans une belle maison qu'elle et pap's ont obtenue à force de travail ! Oui, on dirait une histoire tout droit sortie d'un conte de fées. Bien sûr, ils ont aussi eu leur lot d'coups durs... Eh bien, ils les ont traversés soudés ! La dépression de mon pap's, l'accident de Marine, et tous les autres obstacles. L'amour a été leur ciment. C'est dément, **ILS ONT TOUT COMPRIS, MES PARENTS !** J'veux la même vie, moi aussi ! C'est possible, dites ?

En plus, avec mam's, on partage tout, confidences, shopping, déj en tête à tête... et ce que j'adooooore par-dessus tout : nos fous rires ! Ils sont uniques ! J'donnerais tout pour qu'on en ait toujours la dose ! Nan mais j'vous assure, j'kiffe trop quand on part dans un fou rire sans savoir pourquoi. Du coup, forcément, on rit encore plus fort... tellement qu'on en pleure... Rien que de vous en parler, j'ai le smile direct ! Quand j'vous dis qu'elle a tout... c'est qu'elle assure à fond sur tous les fronts. Généreuse, elle donne de son temps tout l'temps : au travail, en amitié, en amour, en famille... Elle a le cœur sur la main. **C'EST UNE MANIÈRE D'ÊTRE.** Elle est naturellement comme ça, quoi ! Ce qui compte pour elle, c'est que ses p'tits soient bien ! Une louve quand elle nous couve, une lionne quand on s'en prend à nous... Forcément ! Il ne s'agirait pas d'toucher à un seul crin de notre crinière ! Là, c'est pas le cœur qu'elle va sortir, mais les griffes. Elle est forte, ma mam's, elle ne donne pas dans l'paraître... juste dans l'être. Elle est toujours là, discrète, mais là.
Et puis, elle sent tout... Un simple « Allô » et, même à

distance, elle capte la température comme le pouls du moindre malaise… et là, elle ne lâchera rien tant qu'elle ne saura pas. Vous aurez droit à son sempiternel : « Qu'est-ce qu'il y a ? Je sais que ça va pas. »
Et vous pouvez y aller… elle vous le redemandera jusqu'à ce que vous lâchiez. Tenace, elle reste toujours à sa place… de mère ! Mais faites souffrir la chair de sa chair, et vous verrez à qui vous avez affaire !

Elle a toujours respecté mes choix. Quand elle a rencontré Max, elle a adoré sa p'tite tête d'ange. Pourtant, elle a fini par avouer qu'elle sentait déjà que ce n'était pas la bonne personne. Et puis, bah, la suite lui a malheureusement donné raison. Elle m'a mise en garde en m'apprenant justement à être plus sur mes gardes avec son : **« MÉFIE-TOI, C'EST TOUT. »**
QUAND ELLE ME DISAIT ÇA, ELLE AVAIT TOUT DIT. J'sentais trop qu'elle ne lui faisait pas confiance. Parce que ma mère, elle est comme ça, elle ne peut pas garder ces choses-là pour elle. Franche et entière, elle nous donne toutes les cartes pour faire le meilleur choix… parce que, comme la plupart des parents, **ELLE VEUT MON BIEN** !
Mais c'est vrai qu'elle a tout fait pour me protéger quand elle sentait que j'allais pas… Pourtant, j'ai tout fait pour qu'elle ne le voie pas, mais vous savez, pour les mamans,

c'est viscéral : quand vous êtes mal, pas besoin de parler, elles sont aussi mal que vous... voire pire !
Alors, quand elle a découvert que l'argent avait pourri notre relation... ben, elle l'a eu en travers. Ça la dépasse, ces attitudes-là. Parce que quelque part ça me mettait en danger. À ses yeux, j'veux dire... Alors, elle a sorti le bouclier, ma p'tite mam's. Et elle est allée au front ! Elle a bravé personnes et situations pour avoir le fin mot de l'histoire. Et surtout pour voir mon sourire revenir...

Ben, mam's, c'est ça... et elle ne lâche jamais. Mais j'avais mon Max dans la peau, alors à la fin quand elle me répétait d'être méfiante... j'étais tellement saoulée que je l'ai envoyée bouler... **JE REGRETTE TROP D'AVOIR PARFOIS LAISSÉ MES MOTS DÉPASSER MA PENSÉE. PARDON, MAM'S.** Moi aussi, quelque part, je voulais te préserver. J'avais déjà trop mal, alors je ne voulais pas que t'aies mal toi aussi... et puis, me méfier de mon amour alors que pap's et toi, vous me prouviez tous les jours qu'un couple, c'est basé sur la confiance ? C'était trop le monde à l'envers... parce que c'était pas ce que vous me montriez !

Oh, ma p'tite mam's... **MERCI D'AVOIR ASSURÉ CHAQUE FOIS QUE LA VIE M'A MALMENÉE** et que je savais pas comment m'y prendre, trop aveuglée par l'amour. Toi, t'as écouté ton cœur et assuré... Pour toi, y avait même pas à hésiter, t'as assumé tes responsabilités de mère, tu as affronté l'enfer pour ne pas m'y voir brûler !

JE T'AIME ! JE T'ADMIRE TROP ! Tu es tellement forte. Je sais que je serai comme toi. J'suis trop fière ! Grâce à toi, je n'ai pas peur d'être qui je suis. Je sortirai des sentiers battus, quitte à déranger. Ma force, c'est d'être comme pap's et toi !

JE DONNERAIS AUSSI MA VIE POUR TOI.

MA MARINE : LA VOIX DE LA SAGESSE

30 ans ! L'âge de la maturité !

« Le bonheur de ma sœur, que je ressens,
m'apprend combien je l'aime. »

Sully Prudhomme

Si ma mam's, c'est ma troisième sœur, Marine, c'est un peu comme mon autre mam's. Ha, ha ! Forcément, vous direz : normal, c'est l'aînée ! Pourtant, c'est pas si simple, il y en a qui, avec dix ans de plus, ne pensent qu'à leur g*** et à vivre leur vie pour elles. Eh ben, pas Marine ! Je l'aime plus que tout ! Je la trouve belle dans tous les sens du terme. Telle qu'elle est.

Elle garde tout pour elle. Elle ne montre que sa joie. J'aime sa joie de vivre, et son rire ! **AH, SON RIRE !** Il me donne envie de rire tellement je le kiffe ! Et elle a le cœur sur la main. Si ça lui a, aussi, joué de mauvais tours, ben moi, j'trouve qu'elle est parfaite comme ça. La vie le lui rendra ! Parce que oui, ça fonctionne ainsi. Heureusement, on va pas non plus s'amocher pour descendre au niveau de ceux qui sont mauvais !

Avec Marine, faut l'savoir, **C'EST TOUT OU RIEN**. Ça va de pair avec son caractère… entier, vous imaginez bien ! **ELLE EST CASH.** Parfois trop. C'est j'aime/ j'aime pas. Alors, comme on est trop franches et impulsives toutes les deux, ben parfois ça passe… et parfois ça casse. Et comme elle est trop fière pour revenir, ben c'est moi qui le fais. Chaque fois… Mais c'est parce qu'on ne peut pas rester longtemps fâchées. **S'FAIRE LA GUEULE, C'EST PAS NOTRE STYLE !**

D'ailleurs, en parlant de style, elle en a grave ! Elle a un goût à tomber par terre ! Moi, j'vous l'dis : Cristina Cordula a du souci à se faire ! Elle voit de suite ce qui se marie et ce qui jure. J'vous promets ! Trop de la bombe, ma Marine, sur ce coup-là !
Vous verriez ses tenues et comme elle les porte ! Elle est super belle ! J'suis fan. D'ailleurs, **JE SUIS JALOUSE DE**

SA GARDE-ROBE ! J'adore trop quand on fait les reines du shopping toutes les deux !
C'est avec elle qu'on a composé une collection spécialement pour vous – ben oui, Minouchka ! Ça ne pouvait être qu'avec elle. On a trop d'chance de s'entendre comme ça et pour ça !
Mais on s'entend pour tout...
On a fait les quatre cents coups toutes les trois, avec notre autre sœur. J'vous raconte pas ! Ou alors juste un peu ! Comme cette fois en Tunisie : trop marrant ! On appelait nos parents avec des voix bizarres pour s'faire passer pour d'autres... Mon père a pété un câble. Trop drôle. Ou encore quand le soir elles passaient par la fenêtre pour aller en boîte en cachette ! **J'ADOOORE !**
Comment je la kiffe, notre complicité. Parce que bien sûr il y a les éclats de rire, mais aussi parfois des éclats de voix...

ELLE A LES ÉPAULES SOLIDES, MA MARINE. Les épreuves de la vie l'ont faite solide. Surtout cette soirée où elle a traversé les flammes d'un double enfer.
Ses amies et elle avaient décidé de sortir en boîte à Rouen. Comme c'est de coutume dans la famille, elle se fait toute belle. Elle passe une de ses superbes robes qui me font pâlir de jalousie ! Une fois sur place, la joie est

au rendez-vous. Le décor est tamisé et, ce soir-là, des bougies scintillent sur les tables. C'est féerique mais... **INTERDIT** ! Marine et ses amies sont bien, elles parlent, dansent, rient. Mais la flamme d'une bougie danse elle aussi... trop près de la robe de Marine. Elle l'enflamme. Drame.

Le personnel de la boîte a fait preuve d'une inhumanité qui aurait pu coûter la vie à ma sœur. Un videur a tout de même pris l'initiative de l'emmener aux urgences, mais il l'a laissée sur le parking. Comme une malpropre. Une seule de ses amies l'a rejointe un peu plus tard.

« L'enfer, c'est les autres », disait Sartre, et l'enfer, Marine le vit jusque dans sa chair. La brûlure de la trahison, de la déception, de l'absence de solidarité. Si elle est brûlée au second degré, son cœur, lui, est marqué au fer rouge à vie. Ses amitiés, elle les choisit désormais avec une grande minutie ; la confiance, ça se construit avec l'endurance des années.

C'est un des pires moments de ma vie. Je revois encore maman nous l'annoncer...

Comme je le disais tout à l'heure, c'est à la suite de cet épisode que papa a sombré dans la dépression. Nous étions mal comme jamais, mais soudés encore plus fort. Nous ne vivions plus que pour la voir vivre débordant de sa magnifique énergie. Heureusement, elle s'en est sortie et, depuis, nous bouffons la vie !

Alors, à elle, on ne la lui raconte pas. Et on ne la lui fait pas à l'envers. Quand elle m'a vue m'éteindre, pour elle c'était fini, elle ne voulait plus entendre parler de Max. Du coup, elle m'allumait grave quand je venais pour me confier. Je sais trop qu'elle voulait mon bien. Mais elle m'engueulait alors que j'avais juste besoin d'être rassurée : **DU GRAND MARINE, QUOI** ! C'était trop, trop dur.

Aujourd'hui, j'ai compris : pour elle, en parler, c'était nourrir un amour qui allait continuer à me détruire… alors que pour moi, c'était juste ce dont j'avais trop besoin. Ça ne nous a pas éloignées. Ça aurait juste pu nous rapprocher encore plus. Enfin, c'est ce que j'ai ressenti sur le moment. Mais c'est grâce à elle que j'ai eu « le » déclic à la fin de mon histoire avec Max.

Quand on a fait **UNE RÉUNION AU SOMMET** entre sœurs, et que je leur ai confié, à Maé et à elle, que j'étais « à bout » et que « j'en pouvais plus de toutes ces filles », ses mots ont marqué le début de la fin :

« SI TU Y RETOURNES, TU ES VRAIMENT FAIBLE ! »

Son « faible » m'a redonné toute ma force. Celle de me respecter pour la première fois.

Pour elle, il déconnait grave de chez grave ! Elle pétait un câble dès que l'argent revenait sur le tapis ! À ses yeux, ce n'était pas normal : « Quelqu'un qui t'aime, il te tire vers

le haut ! Là, c'est tout le contraire ! Mais enfin, Margot, ouvre les yeux, tu n'vois pas qu'il se fout de ta gueule ? »
Ben, oui. Bien sûr... Dans l'idéal... Mais moi, j'en arrivais à douter. À force d'entendre : « T'es rien sans moi » ou « Sans moi, tu n'en serais pas arrivée là », forcément, je doute... de moi. Et même si j'étais consciente que certaines remarques étaient déplacées, ça ne m'empêchait pas de l'aimer. **JE L'AVAIS DANS LA PEAU...** Au point de me dire qu'un couple traverse des hauts et des bas... et que ça passerait. Et que ça irait mieux après.

Forcément. Je ne voyais que le meilleur chez lui. Je n'avais pas envie de voir le négatif. Je m'disais que si je regardais les choses en face... j'allais la voir, la vérité... cette vérité que tout le monde voulait que je regarde bien en face ! Mais j'en voulais pas ! Elle n'était pas pour moi.

Moi, tout ce que je voulais à ce moment-là, c'était rester dans mon monde avec lui. Il avait aussi un tel pouvoir de persuasion qu'il avait réussi à ne me faire voir que lui.

Rien ni personne n'avait plus de pouvoir que lui. Même pas Marine, Maé et mes parents qui sont ceux que j'aime par-dessus tout. À ce moment-là, **MAX ÉTAIT MON TOUT**. **MA FAMILLE, MES AMIS, MON PROJET DE VIE, MON AIR, MON CŒUR, MA VIE. TOUT, J'VOUS DIS.**

Mais ce jour-là, ce mot **« FAIBLE »** a percé la bulle de mes illusions d'une force ! J'me suis retrouvée scotchée.

Je n'pouvais pas décevoir ma sœur encore une fois. Je n'aurais pas pu me regarder dans une glace. Alors... j'ai pris **LA** décision.
Pardon, ma Marine, de ne pas avoir réagi avant. Merci pour ta patience et ta persévérance. J'suis trop heureuse qu'on se soit retrouvées, parce que aujourd'hui on est liées comme les doigts de la main toutes les trois. Et plus rien ne changera ça. Je sais que tu veux ce qu'il y a de mieux pour moi et aussi que **TU SERAS TOUJOURS LÀ POUR M'AIDER À FAIRE LE BON CHOIX, AU BON MOMENT, AVEC LES BONNES PERSONNES**... Tu me l'as si souvent répété que maintenant, tu vois, je sais ! **MERCI !**

Toi, t'as eu personne pour te montrer l'exemple... mais tu es la première à être là pour me « faire réfléchir quand je prends des décisions sans réfléchir », comme tu le dis ! Merci. Et je sais que j'peux compter sur toi pour faire la part des choses parmi mes dix millions de projets ! T'es mon phare... tu me montres le meilleur horizon quand je pars à la dérive !

J'SUIS TROP FIÈRE D'ÊTRE TA P'TITE SŒUR. Et j'suis fière de qui tu es. J'ai confiance car moi, je le sais que tu vas la trouver, ta voie. Peu importe c'que les autres pensent : suis ton cœur... et il te mènera aussi à celui que tu attends... celui qui te fera les enfants que tu aspires à voir grandir ! J'kiffe trop l'idée qu'ils aient ton rire !

J'T'AIME... Éclate-toi en voyage, et dans les essayages pour agrandir encore ta superbe garde-robe ! Ha, ha, ha ! J'te piquerai des idées, comme d'hab !
MA SŒUR, AIME, VIS, RIS ! Sois heureuse, le bonheur, ça te va comme un gant... ou une robe ! L'un comme l'autre, tu les portes à ravir car tu t'adaptes à tous les milieux, toutes les situations et tous les horizons ! **JE T'ADMIRE, MA SŒUR.** « Vis au jour le jour », comme tu le dis, mais fais-le avec un kif par jour ! Et promis, si tu restes comme t'es, je n'changerai pas non plus !

MA MAEVA : LES BRAS DU RÉCONFORT !

26 ans

« Je suis faite du même métal que ma sœur,
et je m'estime à sa valeur. »

William Shakespeare

MAÉ, C'EST L'AMOUR DE MA VIE. Mon rayon de soleil. Je l'aime trop. J'suis prête à tout pour elle. C'est comme ma jumelle, malgré nos quatre ans d'écart ! On vit dans **UNE FUSION TOTALE** ! Et on a grave de la chance d'être sur la même longueur d'onde. À ce point, c'est dément. C'est grand. Cela me porte tellement tous les jours. Et c'est comme ça depuis toujours... Imaginez !

ELLE A TOUT POUR ELLE, elle aussi. Belle, intelligente, gentille, joyeuse... c'est une oreille attentive et une épaule grave réconfortante. Vous n'serez pas surpris si je vous dis qu'elle aime aussi la simplicité d'un déjeuner en famille dans le jardin, les voyages, et rire ? Il semble que ce soit notre marque de fabrique dans la famille Malmaison !
Et Maé, elle est de toutes les situations. Parce que pour elle, rien ne compte plus que de faire le bien. De rendre les gens meilleurs. Elle est persuadée d'une chose :

« IL FAUT FAIRE DU BIEN AUX AUTRES POUR QU'IL NOUS EN ARRIVE ET, À L'INVERSE, LES PERSONNES QUI FONT LE MAL, IL LEUR EN ARRIVERA. »

NOTRE LIEN EST UNIQUE. Comme chaque moment qu'on passe ensemble. Si je devais choisir un moment plus qu'un autre, j'pourrais trop pas : ils sont tous trop beaux. Tout c'qu'on vit et partage, j'le mets direct dans la boîte à souvenirs ! Que du bonheur. Ce sont tous mes meilleurs souvenirs ! Y en a pas un qui dépasse l'autre, parce que ensemble on vit tout dans l'intensité, la complicité ! On partage de l'intime pur. Zéro faux-semblant. Pas de cachotterie. On rit souvent parce que, justement, comme

on s'confie tout, on a de gros dossiers l'une sur l'autre. **C'EST DU LOURD !** Souvent, pour se charrier, ça nous arrive de s'les ressortir juste pour rire.
Et puis, j'adore trop l'embêter… surtout quand elle est grave concentrée ! Je kiffe trop d'la filmer en train de préparer les cours pour ses p'tits bouts d'chou et de siffler pour voir sa réaction… comme elle ne sait pas où je suis, elle me cherche et ça finit, gentiment, par lui taper sur les nerfs. Elle regarde partout mais ne sait pas où donner de la tête, car je bouge ; une fois à la porte de sa chambre, une autre dans le salon qui réunit nos trois chambres à l'étage. Je passe d'un endroit à l'autre comme un oiseau dans notre petite volière… et Marine débarque toujours pour mettre fin à ce petit jeu qui la rend dingue : « Mais t'es trop relou, tu peux pas la laisser travailler ? »
J'en ris rien que de vous le raconter !

QUAND J'AI TRAVERSÉ LA NUIT NOIRE AVEC MAXENCE, ELLE A ÉTÉ MON SOLEIL. Oui, même dans la nuit ! Normal, elle l'est pour des bouts d'chou tous les jours. Elle transmet plus que du savoir à l'école… tellement elle est passionnée ! On devrait troquer le titre de « professeur des écoles » pour « professeur de vie », car Maé, elle leur consacre sa vie, à ces enfants. Elle leur donne tout : son temps, son investissement, ce qu'elle sait, ce qu'elle est… **LA DOSE**

D'AMOUR INCONDITIONNEL. ELLE ASSURE, UN TRUC DE DINGUE ! Avec ses connaissances en psy, et tout simplement ce qu'elle est, elle a tout compris. Elle sait parler aux p'tits... Et pas que, d'ailleurs, parce que, avec moi, elle a toujours su trouver les mots justes. En fait, elle a tout : l'art et la manière de dire, de faire, d'être...

Sans elle, j'ose à peine imaginer comment j'aurais fait pour me relever chaque fois que je tombais des nues avec Maxence. Sa présence a été capitale pour moi. Vitale. Sans même avoir à lui demander, elle a adopté la parfaite attitude !

Chaque fois que j'étais à ramasser à la petite cuillère, elle a répondu présente... là où d'autres faisaient machine arrière ou brillaient par leur absence.

ELLE M'A ÉCOUTÉE SANS ME JUGER, COMPRISE SANS DOUTER. Elle m'a prise dans ses bras, relevée quand j'étais au plus bas. Elle m'a tenu la main pour que je ne rechute pas. Elle a grave assuré jusque dans ses regards bienveillants si inspirants, ses silences qui valent mille complaisances... Merci. **SI J'EN SUIS LÀ AUJOURD'HUI, C'EST GRÂCE À TOI, MA SŒUR.**

Ce qu'on a vécu, c'est du lourd. Toi, tu m'as laissée vivre mon grand amour. Tu m'voyais **IN LOVE TOTAL**. Alors, tu m'laissais faire ma life en gardant un œil sur ce que je ne disais pas forcément. Mais quand t'as vu la p'tite lueur disparaître dans mon regard et les larmes la remplacer… tu n'as rien dit sur le moment, t'as juste eu un regard plus aimant. Parce que tu percevais déjà l'envers du décor… **LES BLEUS SOUS LES PAILLETTES**.

Et puis, ce jour-là, t'as compris quand tu nous as surpris, Max et moi. Les cris t'ont alarmée. T'as débarqué direct dans ma chambre. Et quand tu m'as vue mettre une claque à Maxence, t'es sortie de ton silence.

« Hé, vous vous calmez ! Qu'est-ce qui se passe ? »

Ben… une énième histoire de messages, de photos, de filles. Une de plus, que je n'ai pas supportée au même titre que tout ce qui me rendait dingue : les mensonges, le déni et tutti quanti…

Et toi, ma Maé, t'as joué ton rôle protecteur, avec juste ce qu'il faut d'affirmation et de pudeur : « Max, si tu veux être célibataire, dis-le. Sinon, ça ne sert à rien… »

Là, il a tout effacé direct… pour me garder. T'avais raison, ma Maé, il assurait tout l'temps… malin dans le vice. Et moi, j'n'y voyais rien, j'passais tous ses caprices, pour l'avoir avec moi. J'avais tant d'amour à lui donner… tellement… Tout plutôt que de le voir sortir de ma vie et de me retrouver toute seule avec mon trop-plein d'amour pour lui… **MAIS SI C'ÉTAIT À REFAIRE, JE REFERAIS PAREIL. PARCE QUE JE L'AI VRAIMENT AIMÉ.**

Mais comme tu me l'as dit un soir : « J'entends parler de

lui de plus en plus souvent et le voyais de moins en moins. Ça sent pas bon... »

Tu avais raison. Ça, ça ne trompe pas. Et pourtant, quand j'ai continué, tu ne m'as toujours pas jugée. Mais quand tu as mis à jour certains secrets qu'il tenait à garder, là, par contre, t'as pas supporté, et tu m'as prise entre quatre yeux : « Il profite de toi pour tout. C'est à se demander s'il t'aime... » Ça, c'est sûr qu'il faut l'encaisser. Le digérer... et en fait, je ne suis pas en état à ce moment-là... et je ne le serai jamais, je crois. **JE SAIS QU'IL M'A AIMÉE. PEUT-ÊTRE PAS AUTANT QUE JE L'AI AIMÉ MOI, MAIS IL M'A AIMÉE. À SA MANIÈRE.**

Pour toi, il m'a coupé les ailes, mise dans une cage pour me garder pour lui, toute amoureuse et bien sage. Mais aimer quelqu'un, c'est tout l'contraire. Aimer quelqu'un, c'est ouvrir la porte de ses peurs, l'aimer au point de lui faire pousser ces ailes qui vont l'amener à s'aimer lui-même... Alors oui, y avait un problème : me voir m'épanouir l'éteignait, alors que le voir se réaliser m'épanouissait... Quand ça déraille comme ça, on va droit dans l'mur... t'avais déjà tout compris. Ton histoire avec Matthieu t'avait ouvert les yeux là où moi, je les fermais encore. Merci d'avoir guidé mes pas vers le meilleur pour moi... T'es un roc ! Ce jour-là, t'as trouvé les mots qui m'ont laissée sans voix : « Margot, est-ce que t'es vraiment heureuse avec lui ? » **TE MENTIR, JE N'POUVAIS PAS.** Me mentir à moi par contre… je l'avais trop fait. Il était temps de voir la réalité en face. Et ça, tu ne pouvais le faire à ma place…

Je veux l'meilleur pour toi. Comme toi quand tu me dis que tu me souhaites d'être posée avec quelqu'un de bien et de poursuivre mes rêves… et ma merveilleuse aventure artistique. Moi, c'est que tu rencontres ton amoureux, que vous vous mariez, ayez des enfants et viviez dans la maison de tes rêves… et surtout de tout avoir « dans l'ordre », parce que je sais que c'est très important pour toi, pas vrai ?
J'aime trop ! Tellement que j'ai peur de rien. J'me sens la force d'un diable. **J'PEUX TOUT AFFRONTER. RIEN N'POURRAIT M'ARRÊTER.**
On est passées par toutes les couleurs avec l'accident de Marine, la dépression de papa… Maxence, Matthieu… mais ça n'a jamais altéré la couleur de nos sentiments. Nous deux, c'est pour la vie qu'on s'aime, ma sœur. **C'EST DE LA FOLIE COMME ON S'AIME.** Un cadeau de la vie. Proches comme on est, rien ne nous éloignera… Ça, ça ne marche que dans un sens : le rapprochement… encore et toujours plus. **J'T'AIME PUISSANCE L'INFINI ET C'EST PAS FINI !**

Marine et Maé, vous êtes mes soleils ! Il peut pleuvoir, venter, neiger, geler… faire nuit tout le jour… à l'intérieur

de moi il fait toujours soleil parce que vous rayonnez dans mon cœur à toute heure.
Pas besoin de regarder plus autour de moi, j'vois bien qu'on s'aime comme des malades dans cette famille ! Je sais que s'il arrivait quelque chose à l'un d'entre vous, je ne serais plus jamais la même. **ON EST LA FORCE DES UNS ET DES AUTRES.**

Pap's et mam's, vous étiez faits pour vous et nous aimer… vos initiales ouvraient la voie royale à l'amour puisqu'elles signifient :

J V M : JE VOUS AIME

INSÉPARABLES, COMME LES CINQ DOIGTS DE LA MAIN, ENSEMBLE IL NE NOUS ARRIVERA RIEN. Enfants de l'amour comme la première lettre de chacun de nos prénoms nous le prouve, **M**arine, **M**aeva, **M**argot… Nous sommes nées pour AIMER, et pour deux, comme nos initiales nous incitent à le faire : MM !

LES LIENS DU CŒUR

« La véritable amitié ne se donne point au hasard, elle est le fruit de l'estime. Elle ne s'affaiblit jamais ni par le temps, ni par l'absence. »

Charles Rollin

Si je peux toujours compter sur ma famille de sang, j'en ai une deuxième, que je me suis créée moi-même : ma famille de cœur. J'ai la chance d'avoir autour de moi des amis fidèles, aimants, qui sont toujours là pour moi, pour fêter mes victoires et m'aider à surmonter mes défaites. Vous les connaissez tous. J'en parle tout le temps, je suis obligée de les afficher, je les aime beaucoup trop pour ne les garder que pour moi ! J'en profite pour vous en dire un peu plus, et aussi pour leur dire merci, à eux. Merci d'être là.

CHARLÈNE : À LA VIE, À LA MORT

« Deux véritables amis ne sauraient être heureux l'un sans l'autre, l'un ne saurait être malheureux sans que l'autre partage ses peines, ils se communiquent leurs plaisirs et leurs chagrins, de même que s'ils pouvaient changer de corps, et s'aident et se soutiennent l'un l'autre dans l'adversité. »

William Penn

QUAND ON S'EST VUES, ON L'A TOUT DE SUITE SU.

C'était son premier jour au lycée privé Providence-Miséricorde. Un certain jour du mois de septembre 2013. Quand je l'ai captée, je m'suis dit : *La p'tite blonde toute bronzée, hyper canon, qui a de l'humour et joue les rebelles sous ses airs d'ange, oui, ça, ça peut être ma copine !*

Et toi, quand tu t'es jointe à nous pour déj, tu m'as tout de suite calculée mais du coup… t'as tourné les talons ! **J'ÉTAIS TON DOUBLE, TROP À TON IMAGE.** Et comme on t'avait dit de ne pas bouger une oreille, et que si tu n'étais pas sage comme une image, c'était la porte… t'as opté pour l'autre bande de potes. Mais pas pour longtemps. Chassez le naturel, il revient au galop. Et c'est à Lourdes que le miracle s'est accompli : tu y es partie avec l'autre bande et t'es rentrée en ralliant la nôtre. T'as pensé tellement fort « Fuck le proviseur ! » que j'l'ai entendu !

J'ADOOOORE QUAND LES CHOSES SONT ÉCRITES COMME ELLES L'ONT ÉTÉ POUR NOUS. Tu peux faire tout c'que tu veux, ça arrivera quand même ! On en est carrément la preuve ! Trop d'chance ! Ça en a rendu jalouses plus d'une. Eh ben tant pis pour elles, parce que la jalousie, ça ne donne pas ce que l'autre a. Mais ça nous enlève le meilleur : l'empathie.
Et à partir de là, la machine infernale était lancée ! On n'en loupait pas une : toutes les conneries, on les a faites ensemble. **ON S'COMPREND SANS S'PARLER.** On est carrément faites pour la déconne ! C'est ça aussi la vie, pas qu'les soucis !

CHARLÈNE, C'EST MA MOITIÉ... Je ne fais rien sans elle. On est en lien en permanence. Car même si on passe la moitié de nos vies ensemble, on a toujours un truc à s'raconter ! Graves, les filles, hein ? Je ne me vois pas sans elle. Ni elle sans moi. **TIC ET TAC, C'EST NOUS.** Tout ce qu'on vit, ça n'a pas de prix. Unique. Irremplaçable.

Vous voyez les jumeaux qui ressentent tout l'un pour l'autre ? Ben, nous, c'est pareil ! C'est un sentiment qu'on

ne ressent pas qu'avec ses sœurs de sang, la preuve ! Moi, j'ai Maeva d'un côté, et Chou de l'autre.
On est connectés ou on ne l'est pas ! Plus connectées que nous, tu meurs. Je souhaite à tout le monde de vivre une amitié comme la nôtre au moins une fois dans sa vie.
C'EST LA FUSION TOTALE ! On se tient la main pour tout : quand tout va bien... et moins bien aussi. Forcément. C'est c'qui fait notre force. Rien ni personne ne nous a jamais éloignées, et c'est pas près d'arriver. Inutile d'essayer ! Même quand on a nos coups d'gueule. Ça repart de plus belle !

J'adore ce qu'elle est. À l'écoute, présente. **ELLE PEUT TOUT ENTENDRE, TOUT COMPRENDRE.** Elle ne me jugera jamais. Elle m'aimera, comme moi : quoi que je fasse. Si je fais quelque chose qui dérange, elle me le dit cash. Et ça ne change rien entre nous. Mais c'est aussi c'qui fait toute la différence. Avec les autres, j'veux dire. Les autres et leur indifférence ! **ON S'AIME D'UN AMOUR INCONDITIONNEL.** Même ce que j'ai vécu avec Maxence, ça n'était pas ça.
Elle a suivi chaque rebondissement de notre idylle. Du conte de fées au désenchantement de la réalité.
Oui : **T'ES INCROYABLE, MA CHOU**... tu étais ma moitié même quand j'étais encore en couple.

Protectrice, tu as joué tous les rôles, et pas les plus drôles. Tu as été l'amie, la sœur, la mère, la moitié. Tu as été ce que personne d'autre n'a jamais pu ni même su être pour moi. Truc de malade quand même. Tu m'as aimée de cet amour inconditionnel que tout le monde est en droit d'attendre de la personne qu'il aime et avec laquelle il vit.
Merci de m'aimer autant. Je n'savais pas que c'était possible de recevoir une dose d'amour comme ça. J'veux dire, de quelqu'un d'autre que sa famille. Mais nous, nous sommes **« SŒURS DE CŒUR »**, comme tu aimes à le dire !
Toi seule sais tout ce qui s'est passé : de A à Z... Tout ce que personne ne saura. Jamais. Ça, ça n'appartient qu'à nous. Et ça coule en nos veines. Ça a fait de nous ce que nous sommes l'une pour l'autre, irremplaçables.

Oui, je vous le dis, elle a la place la plus importante dans mon cœur. Je la protège comme la petite sœur que j'ai jamais eue. Trop naturellement. Parfois, je la sens fragile, alors j'ai de la force pour nous deux.

Je connais ses rêves les plus secrets, elle connaît les miens. Parfois, j'aimerais avoir une baguette magique pour que sa vie soit féerique. Semer juste ce qu'il faut de confiance en elle pour qu'elle n'ait plus aucun doute.

Qu'elle trace sa route... Moi, je sais qu'elle va y arriver. C'est bien pour ça que je l'ai accompagnée au concours qui lui tenait à cœur à ce moment-là. Mais elle...
Si elle pouvait se voir à travers le prisme de mes yeux, le temps de gagner confiance. De comprendre qu'elle a les atouts et le talent qui justement font carrément la différence. Croire en elle, elle a du mal. C'est là que j'interviens ! C'est comme ça que ça devrait être dans toute relation : tirer l'autre vers le meilleur de lui. Malgré lui.
Mais non, bien sûr, ça serait trop facile... Y en a qui préfèrent tirer sur le fil de votre vulnérabilité !
Chou, parfois, elle ne s'aime pas assez. Alors elle vit des choses qu'elle ne devrait pas. Je l'aime pour deux... elle aussi. Vous savez que ça va lui faire tout drôle de le lire, ce texte ? Parce que d'ordinaire elle me dit ces choses-là... et moi, je les lui montre plus que je ne les exprime. J'ai du mal à dire ce que je ressens, sauf à celui que j'aime et à ma famille.
Maintenant, vous savez d'où ça me vient : **MON PAP'S** ❤️.

Tu dis souvent que je sais où je vais, que je suis sûre de ce que je veux. Et que du coup je m'impose pour l'obtenir. Toi aussi, tu peux si tu veux ! T'as été là quand j'étais au plus bas. Comme ce fameux jour de janvier où j'ai appris que Max m'avait trompée avec cette parolière. Là, y avait pas d'polémique. C'est venu direct de sa bouche. Elle m'a nommée dans leurs règlements de comptes sur Twitter. Je l'ai captée en MP et on a poursuivi la discussion en privé... elle ne s'est d'ailleurs pas privée pour me balancer ses p'tites flèches dans le cœur. J'étais une cible facile. J'ai cru crever, chacun de ses messages était si affûté qu'il me blessait profondément.

Tu pensais qu'il dormait où quand il venait sur Paris ?

Et les photos dénudées, tu crois que c'est qui qui les prenait ? Ben, c'était moi ! Et il n'y a pas eu que ça... je n'vais pas te faire un dessin !

SES MOTS ÉTAIENT ASSASSINS. C'est toi, Charlène, qui as été là. Qui m'a accompagnée pour que je ne tombe pas de désarroi dans les toilettes. Tout s'est bousculé dans ma tête. J'avais juste envie d'appuyer sur un bouton pour que tout s'arrête. Direct. Net. Toi, t'as trouvé les mots, eu l'attitude qu'il fallait. Cette fois comme toutes les autres. Tu m'as relevée, portée, reboostée. **AIMÉE, TOUT SIMPLEMENT.**

Quand j'ai vu la haine que tu ressentais pour Maxence, alors que moi, je n'arrivais pas à en avoir une once... j'ai compris combien tu m'aimais : au point de ressentir ma douleur, et de prendre tous ses couteaux dans l'cœur comme si c'était le tien.

« C'est une ordure. C'est lui qui a merdé sur toute la ligne. Et crois-moi, **IL TE REGRETTERA TOUTE SA VIE**. »

Il l'a compris ce jour où tu lui as dit ses quatre vérités. J'aurais trop aimé qu'il me défende contre toutes ces autres filles qui couraient après lui avec autant d'ardeur. Mais... tu m'aimes plus qu'il ne m'a jamais aimée. C'est triste et beau. Je ne sais pas si je devrais en pleurer ou en rire. Je l'aimais tant... mais je t'aime tant. Nous, ma Chou, on se conjugue au passé, au présent et au futur. Maxence, il m'a tant de fois privée de sa présence que mon présent n'était fait que de notre passé et que notre futur, avec ses conneries, s'est figé... Quel gâchis ! Mais c'est fini. Et la vie continue.

Nous deux, c'est à la vie, à la mort. J'ai tenu ta main quand ta grand-mère a tiré sa révérence. Toi, quand j'ai sorti Maxence de ma vie. Et ce n'est que le début. On aura tout : nos chéris, nos enfants, toi le métier de tes rêves, moi femme d'affaires. Nous serons les marraines de nos enfants respectifs. Et nous aurons toujours nos p'tits rituels : sushis, p'tite coupe, fous rires et confidences...

Ben oui, on aura tout ça, parce qu'on le veut toutes les deux ! **PARCE QU'ON LE VAUT BIEN** : on s'en donne les moyens.

L'amitié, c'est dans les deux sens, s'aimer, ça marche à deux. Et quand ça l'fait, c'est trop merveilleux !

Merci d'être dans ma vie. J'suis trop fière de toi. Vas-y, continue, épanouis-toi. **J'SERAI TOUJOURS LÀ POUR TOI**, tu peux compter sur moi.

JE SUIS TA BOUSSOLE. TU ES MON PORT D'ATTACHE. C'est cet équilibre qui fait qu'entre nous ça marche !

AMAURY : MON FRÈRE !

« Les vrais amis sont comme des étoiles ;
vous ne pouvez les reconnaître
que lorsqu'il fait sombre autour de vous. »

Bob Marley

Forcément : **C'EST LE FRÈRE QUE JE N'AURAI JAMAIS** !
Comme avec Chou, dès qu'on s'est vus, on s'est plu.
Je m'souviens que tu m'as dit : « Quand j'ai compris que t'étais une vraie malade, j'ai su qu'on allait carrément trop rire ensemble. **PARCE QU'ON EST PAREILS !** »
C'est trooop ça ! Depuis le lycée, on s'entend comme frère et sœur. D'ailleurs, on s'fait souvent passer pour tels, comme à Punta Cana. Ça l'fait trop et les gens y croient carrément !

On aurait voulu se ressembler autant qu'on ne s'y serait pas mieux pris ! Aide-soignant… tu l'es déjà naturellement. Tu aimes trop les gens pour supporter de les voir mal dans leur peau, mal dans leur vie. Comme moi ! Et puis, tu te nourris de tes échanges avec eux à travers ce que tu fais… Comme moi. Bon, dans l'idéal tu vises les urgences ! Mais y a pas d'urgence, tu vas y arriver : tu y arrives toujours. En attendant, tu donnes de ta magnifique présence lumineuse aux personnes âgées… et elles t'adorent trop. **NORMAL, T'ES GÉNIAL !**

Bon, moi, les urgences, c'est pas mon truc, mais on en a tellement d'autres en commun, toi et moi. Comme le sens de l'humour, ça nous a valu bien des conneries... on est faits pour ! J'kiffe trop de t'faire rire ! Plus tu ris, plus j'excelle dans mes conneries ! Ha, ha, ha ! J'adore. Comme tu l'dis si bien :
« On sait être sérieux, mais ensemble, toi et moi, on est faits pour la déconnade ! »

Mais carrément. J'adore quand on joue à s'inventer des vies. Avec toi, la vie, c'est d'la rigolade tous les jours ! Et je surkiffe trop ! Autant que lorsqu'on joue les divas en s'faisant des scènes où on prend des manières... tu sais, quand « on fait genre » et qu'on adopte le style précieux des princesses ! C'est quand tu veux qu'on s'en refait une...

J'SUIS FAN DE NOUS, UN TRUC DE MALADE ! J'adore c'qu'on vit. On s'confie tous nos secrets, ce qui fait qu'on n'en a aucun l'un pour l'autre. Et j'ai des souvenirs de nous en cours, un truc de ouf. On était les pires. Et on adorait ça ! On parlait tout l'temps – un peu trop, d'ailleurs. Tu te rappelles notre jeu préféré : l'un de nous écrivait le début d'une chanson sur un bout de papier et l'autre devait écrire la suite avec une autre ? Sans se faire prendre par le prof, bien sûr. Le délire total !
J'aime tout chez toi : tu es beau, authentique, profond.

Généreux, vrai et très lumineux aussi. J'pourrais en écrire des pages **TELLEMENT TU ES UNE BELLE ÂME**. Comme Charlène. Vous êtes les deux seules personnes que ma famille ait réellement acceptées ! Avec vous, la famille s'est agrandie !

Vous l'avez compris, Amaury m'a prouvé que l'amitié, c'est de l'amour. Qu'on a juste à être soi pour être aimé. On a tellement tout vécu… en mimétisme, presque. Sauf que lui avait une longueur d'avance. Les bad trips, on s'en fout, ça appartient au passé. Maintenant, **« C'EST LES COPINES AVANT LES CONNARDS ! »**… et justement, avec toi, j'ai réalisé qu'à la différence de nos histoires d'amour, dans l'amitié, la vraie, y avait pas de place pour la trahison, les mensonges, les coups bas… Que tout ça, ça n'existait que lorsqu'on ne se respecte pas. Pas de ça entre nous. On s'aime, on s'respecte, on s'dit tout direct !

Toi, t'as été cash quand t'as plus senti Maxence. T'as pas donné dans l'paraître, t'as continué à être sincère. Tu m'as tout de suite fait passer le message : « C'est pas l'bon mec. » Pour toi, l'argent qu'on se fait dans le couple, c'est pour les deux, pas plus à l'un qu'à l'autre. Y a pas d'histoire de : « Tu me dois c'que t'as car tout ce que t'es, c'est grâce à moi. » Non.

Tu m'as bien glissé, toujours avec tact, qu'il ne fallait pas « dilapider tout le pognon pour lui »...
« Margot, il est amoureux de ton argent » : il fallait oser le dire autant qu'il fallait oser l'entendre. Je ne l'ai pas fait. Je ne pouvais même pas me faire à l'idée qu'il ne soit là que pour ça... Même si je voyais bien la manière qu'il avait de la jouer avec vous tous. De se défiler quand arrivait l'addition. Parce que pour moi, c'était pas quelqu'un de mauvais. Et puis, d'autres faits ont – malheureusement – confirmé ton ressenti... je l'ai compris le jour où tu m'as mise devant le fait accompli, il manquait une fois de plus au rendez-vous. Tous venaient en couple aux anniv, mais moi... je venais en solo.
« Margot, il ne se rend qu'aux gros événements sur Paris. Il ne se mélange pas avec nous. Et tu sais pourquoi ? Parce qu'il ne nous calcule même pas. »
Je niais encore l'évidence, parce que **MON ÉVIDENCE, C'ÉTAIT MAXENCE**. Mais toi, tu étais toujours là. Même si je me voilais la face. C'est aussi ça qui fait que personne ne te remplace à mes yeux : **TU M'AIMES POUR CE QUE JE SUIS, PAS POUR CE QUE JE FAIS.** Et pas non plus pour me faire rentrer dans un moule...

Je s'rai toujours là pour toi. Tu peux m'appeler n'importe quand, pour n'importe quoi, même pour un simple « hello »... je te souhaite tant de vivre le meilleur, le cœur

de tes rêves : la belle voiture, la super maison, le job tant espéré, et tout ça avec l'amour de ta vie, Loïc…
Allez, viens, on kiffe la life parce que, comme tu l'dis souvent : « On ne sait pas si on sera encore là demain ! »
Le bonheur s'habille de simplicité… et dans notre amitié, c'est un truc de malade comme c'est simple de s'aimer.

Reste comme t'es. T'es parfait. **JE T'AIME DE TOUT MON CŒUR. QUE MA FORCE SOIT AVEC TOI OÙ QUE TU SOIS… TOUJOURS !**

ILS SONT ELLE !

« L'amour engendre la force, et la force donne la sagesse. »

Honoré de Balzac

L'amour, y a que ça de vrai, je vous l'dis ! Comme vous les connaissez un peu mieux maintenant, vous comprenez que je l'ai trouvée… Quoi ? Elle.
Elle ?

LA FORCE D'ÊTRE MOI.

Quand j'ai perdu la foi, perdu ma voie, perdu l'amour… ils m'ont tenu la main, pris dans leurs bras, aimée malgré moi. Sans concession. Ils ont tout donné d'eux pour que je donne le meilleur de moi, pour moi... **ILS ONT CRU EN MOI QUAND JE N'Y CROYAIS PAS. PLUS.**

L'AMOUR FAIT DES EXPLOITS. En vous débarrassant de toutes œillères, il vous mène vers ceux qui vous aiment sans exploiter vos failles. Avec eux, vous y voyez plus clair. Avec eux, plus rien ne déraille. Grâce à eux, vous savez ce que vous valez. Parce que vous vous aimez à travers eux d'abord, puis vous vous aimez tout court ! C'est carrément trop précieux d'avoir près de soi ceux qui vous aiment pour deux ! Ceux-là-mêmes qui finissent par vous donner la force de vous aimer en plus de les aimer eux. C'est précieux parce que c'est trop rare... Le peu est tout. C'est la dose d'amour concentré !

L'amour, ce n'est pas que l'amour amoureux. Nan ! Pourtant, souvent on ne pense qu'à lui, à l'amour de notre vie, à la relation sentimentale, amoureuse, quoi. Moi la première. Mais j'ai découvert que l'amour prend de multiples visages : l'amour-amitié, l'amour filial, l'amour universel... Le tout est d'ouvrir son cœur à toutes ses formes. Il se gonfle de sa joie et en ressort en pleine forme. C'est ce qui s'est passé pour moi. Et c'est à VOUS et à eux que je le dois. **MERCI DU FOND DU CŒUR. J'VOUS AIME TROP FORT !**

Me sentir aimée alors que j'avais du mal à me regarder dans un miroir, ça a fait naître en moi le désir d'y croire encore... À quoi ? Mais à la vie, à l'amour, merci de croire en moi !
Oui, j'avais grave l'envie de me faire belle comme jamais. Parce que j'avais encore les mots qu'il scandait : « J'peux avoir mille fois mieux physiquement. Même mes potes me l'disent ! »

Quand j'y repense, j'ai le cœur en miettes. Mais me reprendre en main a chassé ces idées noires de ma tête. J'ai tourné cette page aux mots assassins. **ALLEZ, NEXT !** Il était temps de me remettre à la page, d'écrire le nouveau roman de ma vie. Un roman qui serait ponctué des points d'exclamation de ma joie retrouvée. J'kiffe trop la vie et mes amis. Plus possible de vivre les points de suspension... l'attente... survivre... tout ça, c'était avant !
Bon, qu'on soit clairs : je n'vais pas vous dire que ça a été facile. J'étais fébrile, fragile mais j'avais la force d'une lionne ! Forcément : les chiens ne font pas des chats !

J'AI DONC MENÉ MON OPÉRATION COMMANDO COMME IL FAUT !

- 3 -

UNE LIBERTÉ SUCRÉE-SALÉE : MES COMBATS, MES THÉRAPIES

CULTIVER L'ESTIME DE SOI POUR REDORER L'IMAGE DE SOI

« L'estime de soi, c'est la réputation qu'on a de soi-même. »

Nathaniel Branden

Pour moi, perte d'amour de l'autre = perte d'estime de soi.

Comme vous le savez et comme je vous en ai déjà parlé un peu avant : j'ai commencé par changer de tête ! Ce qui me l'a vidée par la même occasion. Avec mes longueurs sont parties les lourdeurs du passé. Mais grave comme je me sentais plus dynamique ! Déjà rien qu'avec une coupe... Euh, enfin, trois ! Je me sentais déjà dans la peau d'une autre... et ça, c'était trop de la bombe... mais bien sûr ça ne suffisait pas ! **J'ÉTAIS ENCORE LOIN DE ME SENTIR UNE BOMBE, POUR LE COUP !**

J'ai mis la dose : j'ai enchaîné manucures, soins du visage, massages, épilations en tous genres. Il s'agissait pour moi de me chouchouter grave. De m'aimer au max. Et comme je revenais de loin, j'avais du taf !

Mais j'avais tout en moi. Comme vous ! On a tout en nous ; le truc, c'est qu'on va toujours chercher à l'extérieur. Ou auprès de quelqu'un d'autre… et au final l'autre ne peut nous aimer comme il faut que dans la mesure où on s'aime déjà avec respect… Super, et on fait comment quand on ne nous le dit pas, ça ? Hein ? Il faudrait des cours sur l'amour ! Même s'il n'y a pas de recette miracle, y a quand même des bases ! Et LE truc de base, le b.a.-ba, c'est de savoir que **L'AMOUR COMMENCE PAR L'AMOUR DE SOI…** mais ça, on ne nous l'apprend pas sur les bancs de l'école ! Pourtant, c'est élémentaire…

Pour moi, le passage obligé, c'était de retrouver un équilibre… Oui, ça nous arrive à tous de déraper, de ne plus s'aimer assez… et de sombrer dans les mauvaises habitudes qui nous embarquent dans un cercle vicieux. On ne s'aime plus, alors on pense que tout est perdu et que, « foutu pour foutu », autant donner dans l'orgie : manger, boire, faire du sport à outrance… Ça ne fait pas de nous de moins bonnes personnes pour autant. Tant que ça ne dure pas. Ce qui compte, c'est de s'arrêter à temps.
Être mal, ça arrive même à ces personnes qui font bonne figure sur les magazines. Leur bonne mine n'est pas gage de bien-être. La magie de Photoshop mise à part, elles aussi, un jour, se sont senties mal, moches, trop ceci, pas

assez cela. Nous sommes toutes dans la même galère dans ces moments-là. Le plus important est de continuer à s'aimer et de garder son cap : faire ce qui vous fait du bien « pour de vrai ». Vous aimez cuisiner ? Concoctez des dîners pour un ou des amis et kiffez ensemble. Vous aimez dessiner : dessinez ! Et quand ça ne va pas, dites-le à ceux qui sont capables de l'entendre et de vous tendre la main comme de vous prendre dans leurs bras. C'est précieux, ça.
On s'en sort tous, avec l'amour de ceux qu'on aime et qui nous aiment... mais aussi grâce l'amour qu'on se donne, comme je vous le disais juste avant. Soyez votre meilleur ami. Chouchoutez-vous. Ouvrez-vous, parlez, ne gardez pas ce mal-être pour vous, la parole libère et la magie de l'amour opère !

Moi aussi, j'ai fait n'importe quoi, parce que je ne n'aimais plus. Avec Chou, on a grave fait pencher la balance du mauvais côté. On a donné dans la junk food, on mangeait tout et n'importe quoi et à point d'heure... et entre le rosé et les cocktails, mon corps a senti qu'on n'y était pas allées de main morte ! Il me l'a fait comprendre avec ses maux de toutes sortes : nausées, vomissements, maux de tête... Surtout un grand mal-être ! J'ai compris le message sans les sous-titres. Quand je me suis regardée, je me suis sentie trop mal. Mon reflet dans le miroir ne ressemblait

plus à celui que j'avais en tête ! J'avais plus du tout le cœur à la fête... Pire, quand je revisionnais films et posts sur les réseaux. L'angoisse. J'avais la boule au ventre.
PLUS JE PRENAIS, MOINS JE M'AIMAIS. KILOS GAGNÉS = AMOUR PERDU. La trop mauvaise équation ! Stop. Il faut changer de formule ! Parce que Photoshop n'a aucun pouvoir dans la vie de tous les jours. Que dalle ! Que de la poudre aux yeux dans le virtuel, mais dans la vie réelle : faut pas compter sur lui ! La solution à mon problème ? Manger autrement. Mais j'adoorrre trop manger, moi ! Comment je fais ? Oh là là, la prise de tête !
Je prends alors conscience que quitter Maxence a laissé un grand vide en moi... Du coup, **JE COMPENSE À FOND POUR COMBLER SON ABSENCE**. Je m'étais privée de lui, alors je ne me privais plus de rien d'autre... Bon, pas de panique. Il devait bien y avoir un remède à ça.

Je me décide à suivre les conseils d'une pro ! Je prends une coach. Mais, l'euphorie vire vite au cauchemar ! Je dois peser tout ce que je mange, dissocier les catégories... non mais c'est de la folie ! Et une fois que je monte sur la balance, elle s'évertue à pencher du mauvais côté. Frustrée, privée de tout ce que j'aimais, je ne pensais plus qu'à manger, manger et manger !
Et Maé qui mange pour deux mais maigrit à vue d'œil... Ensemble, on touche les extrêmes. Les opposés... ça me

met une double claque. Je me revois avant... je cherche mon corps de petite fille... Et à côté de ma meilleure amie, qui a aussi un joli p'tit corps fluet, je déprime grave. **LA LOSE.**

Je sais qu'il ne faut pas se comparer, mais là je suis tellement mal à l'intérieur que je fais tout ce qu'il ne faut pas, je ne contrôle plus rien. Je me jette sur tous les aliments à éviter et je me compare à d'autres morphologies, chose à bannir ! L'horreur... **JE TOMBE DANS UNE SPIRALE INFERNALE !** Oh non ! Mais... pas pour longtemps. Je puise en moi la force de dire merde à mon petit diable et à ses tentations et je fais confiance à mon ange et m'écoute.

Et Charlène dégaine à nouveau les mots justes juste au moment où il faut... Vous savez, ceux qui font la peau aux maux !

« Ton corps a changé parce que tu n'es plus un bébé, Chou. Maintenant tu as de jolies formes parce que tu es une femme ! Et quelle femme ! »

Ni une, ni deux, j'envoie tout balader. Trop, c'est trop, fini la prise de tête. **ET JE ME FAIS CONFIANCE, ENFIN.** Je suis mes envies et mon corps retrouve son poids de forme. Le juste équilibre, quoi ! Ni trop, ni trop peu. Je me sens

mieux ! C'est tout ce qui compte. Je ne serai jamais mannequin, du moins pas pour les podiums, car j'ai la chance de pouvoir déjà poser pour les marques que j'aime. Alors, tout va pour le mieux dans le meilleur des mondes.
J'ai trouvé la clef, m'accepter telle que je suis pour que mon corps trouve son juste poids ! Comme quoi, **L'ÉQUILIBRE NE TIENT QU'À SOI**.

Je deviens une accro de la salle de muscu. Je revois mon programme. Pas question d'y aller juste comme ça, juste pour se rassurer soi-même ou pour se la raconter auprès des autres. Cette fois-ci, c'est au moins quatre fois par semaine. Quand j'étais en couple, j'y allais pour faire plaisir, et aussi parce que j'entendais souvent : « Vas-y, t'en as besoin ! »
Je m'étais alors mise au diapason de Maxence. Mais j'y allais en traînant des pieds et le vague à l'âme. Là, j'y vais en courant… trop l'envie de me vider la tête, de me sentir bien dans mon corps ! D'être belle. Et **JE NE PENSE PLUS QU'À ÇA, SURFER SUR UNE BONNE VAGUE D'ENDORPHINES**. Alors sur les tapis, les kilomètres défilent sous mes baskets… Lucile s'en fait le témoin et se joint à la partie en me filmant… Ce qui ne passe pas inaperçu. Ça chatouille grave la jalousie de Max qui m'envoie direct un message :

TOUT CE QU'IL VOULAIT QUE JE SOIS, JE LE SUIS DEVENUE SEULE, POUR MOI. Et c'est ça, la clef du bien-être : faire les choses pour soi, d'abord. Avant de les faire pour l'autre. Ensuite, si vous les faites aussi pour l'autre, c'est le pied total ! Se choisir soi avant l'autre parce que la personne la plus importante de votre vie, c'est vous. Je l'ai appris à mes dépens. D'ailleurs, il paraît qu'il n'y a que comme ça qu'on apprend. Malheureusement... ou heureusement ?

Bon forcément, le changement passe aussi par là... **LE SHOPPING** ! Carrément pas possible autrement. Autre vie = nouvelle tête + nouvelle garde-robe. Pour l'accro du shopping que je suis, c'était un passage obligé. Impossible d'y couper. J'avais trop envie d'être plus féminine encore, des robes sexy et près du corps... et des combinaisons couplées à des talons... Bref, plus envie d'un look femme fatale que petite fille trop sage ! Et c'est ouf comme dans mes nouvelles tenues je me sens belle. J'kiffe grave mon corps ! Une vraie mue !
Refaite, j'me kiffe, tête, corps, esprit ! **J'AVAIS ENVIE DE BOUFFER LA VIE COMME JAMAIS.** À moi les sorties, les nouvelles rencontres ! C'est là que je prends une claque

monumentale. Je pensais trop que je ne pouvais plaire qu'à un seul homme. Celui qui ne me voulait que pour lui et me privait du regard des autres hommes. D'ailleurs, il me faisait lui-même clairement comprendre que je ne plaisais qu'à lui tandis que lui, de son côté, était aimé de toutes et tous... Je le croyais sur parole.
Et dire que pour moi il aurait suffi que je ne compte qu'aux yeux d'un seul : **LUI.**

Mais, à ce moment, je vois que sur mon passage les hommes se retournent et que ma silhouette fait tourner les têtes. Et pas que. Dans leurs pupilles, **JE NE SUIS PLUS SEULEMENT LA GENTILLE PETITE MARGOT**. Non, je suis aussi la fille, la femme qu'ils désirent autrement qu'en bonne copine. Et ça, même sans vouloir en abuser, ça m'a fait un bien fou. De toute façon, ça n'a jamais fait de mal à personne de plaire. Comme on dit : « Ce n'est pas parce qu'on est au régime qu'on ne peut pas consulter le menu ! »

Je réalise encore un truc de malade : « Pu*** ! T'es restée bloquée... »

En m'ouvrant aux autres, je m'ouvre à la vie... je laisse alors entrer en moi son petit vent de folie. Je découvre un max de personnes toutes plus intéressantes les unes que les autres. Ce qui me saute direct aux yeux, c'est leur irrésistible envie de rire, de s'amuser, de kiffer la life et de la voir du bon côté ! Et en plus elles, elles m'aiment pour ce que je suis et non pour ce que je possède, ni pour ce qu'elles voudraient que je sois. Juste pour moi, moi, moi ! Je n'en reviens pas ! Trop le kif !

ILS M'ONT DONNÉ LA FORCE D'ÊTRE MOI. ET VOUS AUSSI, AUTREMENT…

COUPER AVEC LE PASSÉ

Mai 2017

« Arrête arrête-moi ça
Tu connais mes débats
J'te parle en français j'veux pas d'un polygame
J'te parle en direct ne me mélange pas. »

Aya Nakamura, Love

Ce matin-là, après un mois de nuits sans **LUI** dans ma vie, lorsque j'ouvre les yeux, c'est une nouvelle page de ma vie qui s'écrit. Malgré moi. Et pas celle que j'avais envisagée ! Le scénario présage plus une belle comédie que le drame qui m'a tiré tant de larmes.

Étonnamment, ce ne sont pas les nuages qui habitent mon ciel, non ! Mais le soleil, qui se fait la part belle. J'en reviens pas ! Moi qui croyais crever tellement je l'avais dans la peau… ben non, **FINIE L'AGONIE** ! Je me sens comme libérée d'un fardeau. Après toutes ces années à ne vivre que pour et à travers un autre, je pensais que son absence serait un enfer pour mes sens. J'étais tellement accro à lui que je ne pouvais qu'être grave en manque… Du moins, c'est ce que je pensais. Vous aussi, j'en suis sûre, pas vrai ? Mais, du jour au lendemain, j'ai

réalisé que mon mal-être s'était fait la malle. À la place, je ressentais une grande sérénité. Son absence m'était moins douloureuse. Pourtant, j'étais persuadée qu'elle m'anéantirait.
C'est comme si je me redécouvrais. **AUTRE.**
Oui, les filles : je suis sevrée. Désintoxiquée de lui. Enfin, à ce moment-là, c'est ce que je crois. J'étais asphyxiée total, et là, je respire le **PARFUM DE MA LIBERTÉ RETROUVÉE** !
Magie de la vie ou juste retour des choses ? Je ne sais pas, mais ce que je sais là, c'est que j'ai grave envie de bouffer la vie, de la mordre à pleines dents. Comme pour rattraper le temps. Vite vite vite, j'ai une urgence : vivre pleinement.

Vous qui me connaissez trop bien, vous ne serez pas surpris si je vous dis que c'est l'appel du coiffeur qui m'a réveillée ! Je ne fais pas exception à cette légende qui veut que les femmes y courent après une histoire qui leur a brisé le cœur ! C'est plus fort que moi. Mais il paraît que c'est normal. **COUPER SES CHEVEUX, C'EST COUPER AVEC SA VIE D'AVANT, SON ANCIEN SOI.** Nos cheveux sont la mémoire de notre histoire… Eh bien moi, là, mon histoire, j'en ai fait le tour, et plus que de raison ! Je veux grave clore le chapitre, fermer le livre, même ! Et ne jamais plus le rouvrir. J'en connais le fil par cœur, de toute façon, des effervescences de joie à la – triste – fin, en passant par les zones d'ombre et le climax. J'aurais aimé en réécrire le cours. Et même troquer les petits mouchoirs contre le ruban du chausson annonçant un heureux événement. Mais la vie en a décidé autrement. « Inch'Allah », comme on dit ! Alors je m'en remets à la vie.

Libre, je commence un nouveau livre dont le premier chapitre s'ouvre sur ma vie de célibataire retrouvée. Le titre ? Il pourrait ressembler à celui d'Elizabeth Gilbert : Mange, prie, aime, mais avec un petit plus qui me ressemble trop, enfin qui semble être l'ADN de toute ma famille : Mange, prie, aime et **RIS** ! Le rire, c'est la vie !

C'est donc le sourire au bout du cœur que je me rends chez le coiffeur. Trop contente, je pousse le son dans ma Fiat, et je bouge au rythme de... **« STAND BY ME »**. Je kiffe trop ce morceau. C'est tout ce que je veux dans la vie : **ÊTRE AU CÔTÉ DE L'HOMME QUE J'AIME... POUR TOUJOURS**. Normal, quand on a été élevée comme moi au biberon de l'amour, on ne peut qu'y aspirer.

Vous comprendrez quand je vous en révélerai un peu plus sur mes parents. Ils ont joué un rôle si important dans ma manière de voir l'amour, de le concevoir, de le vouloir ainsi, inconditionnel et... éternel. Ben oui, quoi, j'ai le droit de rêver ! Mieux, de vivre mes rêves. Aujourd'hui, je le sais. Merci, car c'est en partie grâce à vous que j'en vis un :

l'aventure de l'écriture, je la partage avec vous. Merci de me suivre depuis si longtemps, merci de toujours répondre présents. **JE VOUS AIME TROP !!!**

C'EST TROOOP BON DE SE SENTIR VIVANTE ! Je réalise que j'étais coupée de vous, de mes amis, de ma famille. De tout, quoi ! Déconnectée de la vie. Ma vie tournait autour d'une seule personne, et cette personne n'était même pas moi. Pour moi, le bonheur passait par sa présence à mon côté, dans ma vie, dans tout ce que je vivais. Ça a fini par trop m'extraire de la vie. Je refusais les sorties avec mes amis pour n'en rater aucune avec lui. J'étais grave en mode « survie ». À ce moment-là, je ne le voyais pas. Quand on dit que l'amour rend aveugle, c'est peu de le dire. Mais là, bien enfoncée dans le fauteuil de mon coiffeur, je sens que cette petite coupe va me rendre la vue et me relier à « ma » vie. À la vie tout court !

Là, face à mon coiffeur préféré, je n'hésite pas une seconde ; déterminée, je lui dis : « Vas-y, je suis prête. » Les lames de ses longs ciseaux mettent mon passé en lambeaux. Je me sens légère.

Je suis avec attention la transformation dans le miroir. Ce qui en aurait rendu folles plus d'une me ravit, moi ! Dans ma chevelure à la Pocahontas se dessine au fur et à mesure la coupe droite et dynamique d'une femme d'affaires. Je surkiffe trop ! **J'ADOOOOORE** mon petit carré

long juste au-dessus des épaules. C'est incroyable, l'effet que ça me fait ! **C'EST COMME SI LE COIFFEUR AVAIT COUPÉ TOUS MES SOUCIS.** Volatilisés en quelques coups de ciseaux ! Trop beau !
Je revis. Enfin. Et, pour la première fois depuis longtemps, j'aime le reflet auquel je fais face. J'embrasse ma nouvelle silhouette du regard. Je sais déjà que la prochaine fois j'irai plus loin… j'ai encore besoin de m'alléger un peu.

Ça n'a pas loupé : un mois après, je suis prise d'une envie de « couper viiiite » aiguë. Dans ces cas-là, je ne résiste même pas, je fonce au salon de coiffure. Et la même vague de bien-être me traverse sur le chemin. Je surkiffe trop ces instants juste avant, parce que je sais qu'après je vais sauter partout, tellement je vais me sentir bien. « Mieux ». J'avais oublié cet état où tout va. Rien ne vous reste en travers de la gorge, rien ne vous noue l'estomac. Oui, c'est ça, à ce moment-là, tout va… bien !
Bon, ce jour-là, je suis sage, je coupe juste un peu plus court que la fois précédente. Oui, je la joue encore prudente : le court-court, vraiment court, me tente mais je vais me laisser encore un petit mois de réflexion, hein ? Là, déjà, je me sens belle et bien… Encore délivrée de l'empreinte du passé. Que c'est bon !

Mais comme vous le devinez… quand j'ai une idée dans la tête, eh bien, je ne l'ai pas ailleurs. C'est bien connu. Alors, elle trotte et me revient comme un refrain. Puis elle tourne encore et encore jusqu'à ce que… ben oui : **JE PASSE À L'ACTION** !

Cette fois, c'est à Bordeaux que je suis prise de cette crise de « couper viiiite » aiguë. Trois mois sont passés depuis que Max et moi avons emprunté deux voies opposées. La voix qui chante en moi à ce moment-là, c'est celle du bien-être… je suis prête à me glisser dans la peau de **LA NOUVELLE MOI** à tous les niveaux !

Quand j'entre dans ce salon, c'est l'envie de tout couper qui me fait pousser la porte. Rien que d'y penser, j'ai envie de sourire au monde entier ! Ça commence déjà quand je demande au coiffeur de couper « court, court, court ». Il allait faire la tête au carré à mon passé, me tailler un présent bien en rondeurs ! À moi douceur, joie et beauté !

Je n'aurais jamais pensé que je pourrais me kiffer à ce point… en toute humilité… Mais là, je dois avouer que lorsque je me vois dans le miroir du salon, je me trouve belle ! Mieux : **JE ME SENS BELLE**. Il a accompli un miracle… Ce que je vois, je le ressens. Et c'est quand mes cops me font le plan de : « Oh nan, on n'aime pas… c'est trop court ! » que je comprends que j'ai passé un cap : je n'ai plus besoin du regard de l'autre pour me sentir belle.

Parce que là, quoi qu'elles me disent, je me sens belle comme jamais. Et puis, je sais qu'elles m'ont fait le plan à l'envers pour me taquiner… mais là, ça marche pas. Elles finissent par m'avouer qu'elles me trouvent grave bien dans ma peau ! Belle comme ça, et que ça me va bien d'avoir laissé mes soucis au vestiaire… Merci mes chéries. **TANT DE LOVE POUR VOUS !**

SURKIFFER LE PRÉSENT !

Mai 2017

« Ne laissez pas un monde fou vous dire que le succès est autre chose qu'un moment présent couronné de succès. »

Eckhart Tolle

Vous avez déjà eu cette impression, vous, de manquer d'air une minute, et l'instant d'après d'être comme un poisson dans l'eau ? C'est exactement ce que je vis le mois qui suit celui où j'ai dit : « C'est fini. » Bon, d'accord, ceux d'après aussi… même si un voile les teinte parfois des nuances de la nostalgie.

LA FIN, C'EST UN COMMENCEMENT ! Oui, vu comme ça, on comprend mieux, hein ? Mais quand on se retrouve au cœur de l'action, on ne voit pas ça du même angle. Au moment de dire au revoir à cette partie de mon passé, mon cœur est devenu insensible. **BLINDÉ.** Normal, après tout ce que j'ai eu à endurer !

Une fois le dernier lien coupé, je sens le vent d'une nouvelle ère souffler. Comme la brise du large caresse votre visage lors d'une traversée en pleine mer. Après le souffle sec et dur du désert, je respire !

Tout le monde autour de moi le voit. Mon corps le manifeste à sa manière : il ne proteste plus en faisant pencher la balance du mauvais côté ! Il s'affine et, avec lui, mon bien-être se dessine ! **J'ADOOOOOORE !**

J'ai l'impression de sortir d'une prison dans laquelle je m'étais enfermée toute seule. À ne penser, vivre, respirer que par amour, j'en avais perdu la saveur de mes jours à moi, « pour moi ».
Là, **JE BOUFFE LA VIE À PLEINES DENTS** ! Enfin ! Je dis oui à tout ce que mes amis me proposent. Tout est mieux à prendre qu'une soirée seule à broyer du noir, en tête à tête avec les stories sur Snapchat, les posts Facebook qui me farcissent la tête et finissent par me la prendre... Tout ça, **C'EST FINI**.

Ma libération prend la forme d'une joie de vivre permanente. Grande absente de ces deux dernières années, elle fait son retour en force !
Le mois de mai rime bien avec **« JE FAIS TOUT CE QUI ME PLAÎT »**. Je ne me prive de rien. Mes amis l'ont bien compris. Lucile me traîne de terrasses en boîtes de nuit et ouvre mon cercle d'amis ! On revoit même Antoine, notre pote d'enfance. Du coup, on rencontre ses copains aussi ! Comme il est en école d'infirmier, à nous les fêtes tous les week-ends et les nouvelles têtes ! Ça fait un bien fou.

C'est là que je me rends compte à quel point cela m'a manqué. Sortir, l'insouciance de mes années d'adolescence, l'effervescence qui accompagne les nouvelles rencontres... je redécouvre ces petits bonheurs tout simples. C'est trop bon de s'ouvrir à d'autres personnes, de sentir que ce qu'elles vivent résonne en moi. **JE NE SUIS PAS MORTE !** Moi qui appréhendais de me retrouver célibataire, qui pensais que j'allais morfler grave. Mes parents aussi me l'ont avoué, ils pensaient que je serais détruite.

Mais la vie reprend ses droits ! Et un jour, quelqu'un m'a dit :
« L'amitié, c'est ce qui reste quand tout s'effondre. »

C'est là que j'ai compris ce que la vie avait voulu me faire passer comme message. L'amour, lui, peut être plus fort que tout, même que la mort ! Ou... tout rafler sur son passage, même vous. L'amitié, la vraie, elle surpasse tout, même l'amour. Ben oui, elle, elle résiste à la tempête de l'amour. Mieux : elle subsiste après ! Mes « vrais » amis, pas ceux de papier ni virtuels, non, les bien réels... ils m'ont ramassée chaque fois que j'étais défaite. On dit que c'est dans l'adversité qu'on les reconnaît. C'est encore une règle d'or qui se vérifie. Grave !
Moi, j'oublierai jamais qu'ils ont répondu présents quand l'amour, lui, l'a fait aux abonnés absents : Amaury,

Charlène, Alicia, Lucile, Marine, Nawel et Antoine. Et puis, il y a eu tous les autres... Ceux qui ne pensaient qu'à leur petit bonheur. Ceux qui venaient juste pour prendre l'écoute, l'épaule réconfortante sur laquelle s'épancher... je leur dis merci aussi. J'ai toujours donné avec cœur et naturel. Je ne sais pas faire autrement parce que je suis comme ça. Et ça me va. **DONNER, C'EST RECEVOIR.** Et la vie me le rend bien. Chaque fois. J'ai foi en Dieu, en la vie, ma famille et mes amis. Merci.

C'EST DE L'OMBRE QUE SORT LA LUMIÈRE. JE SUIS ENTOURÉE DE BONNES ÉTOILES.

Chacun de vous m'a tendu la main, prise dans ses bras, aimée pour deux. Je vous aime.

Je ne serais pas moi sans eux. Sans vous. Vous allez le voir, ils ont assuré grave. Ma famille aussi... Quand je vous le dis, que je suis bénie, la vie me l'a déjà prouvé, et ce n'est pas fini !

RIRE POUR GUÉRIR !

Juin 2017, de Rouen à la côte Est

« Faire rire, c'est faire oublier.
Quel bienfaiteur sur la Terre
qu'un distributeur d'oubli ! »

Victor Hugo

QUAND ON AIME, RIEN N'EST UN PROBLÈME. Mes amis me l'ont prouvé. Ils ont trouvé ça facile de colorer mon ciel des couleurs de leurs sentiments. Entre nous, règle d'or : pas de faux-semblant. Nous sommes riches de ça. J'leur suis tellement reconnaissante ! Merciii ! Vous aussi, je suis sûre que vous avez des diamants purs qui vous font briller quand vous avez perdu un peu d'éclat. La vie vaut la peine d'être vécue rien que pour ça, car « ça », c'est tout !

Ils ont suivi toutes les séquences sans jamais juger. Sans jamais m'aimer au rabais. Ils n'ont jamais fait d'arrêt sur image. Mieux, ils ont accéléré les passages trop sombres pour pas que je retombe.
Ils m'ont aimée avec mes hauts, avec mes bas. Rattrapée quand j'étais sur le fil, fébrile à deux doigts de succomber.

J'ai jamais touché le fond, car au fond, **ÊTRE VRAI, Y A QU'ÇA QUI COMPTE** pour savoir où on en est ! Ils m'ont entourée de leur douce présence quand la vie m'a bercée d'illusions d'une sournoise violence.

C'est bon de se laisser aller à la tentation d'être bien. Ces trois semaines n'ont été qu'un long fou rire. C'est comme ça quand on décide de faire de chaque heure un amusement : tout n'est qu'enchantement ! Je kiffe grave la légèreté !

« Les amis sont une seconde existence. » Baltasar Gracián

Depuis le début, vous êtes de toutes les parties. Amaury, Charlène, Marine, Lucile, Nawel et Antoine. Que la peine ou la joie gagne, vous êtes là. Vous me l'avez prouvé mille fois. Vous avez cru en moi quand j'ai perdu la foi. Merci pour ça, pour tout. Merci d'être vous. Quand j'y pense, mes yeux brillent, mon cœur pétille. Mais ce n'est pas de tristesse… **TROP DE LOVE POUR VOUS.**

La vie n'est pas un long fleuve tranquille, paraît-il. Mais mes amis, eux, ils ne se sont même pas posé la question : ils sont passés à l'action.

BOUGER POUR ME RETROUVER

Mai à septembre 2017

*« On a traité de rêveurs et d'utopistes
tous ceux qui, dans l'histoire,
ont fait bouger les choses. »*
Abd al Malik

LA CÔTE D'AZUR AVEC LUCILE : QUE LA VIE EST FACILE !

Lucile a pris les devants. Après une nuit blanche à Rouen, on a attrapé le train qui longe l'autoroute du soleil. Puis on a arpenté la côte cheveux au vent au volant d'une voiture de loc. **LE KIFF TOTAL !** À nous les plages du lever au coucher du soleil, les terrasses, les soirées à danser, le farniente ! À nous les rencontres sur la Côte d'Azur ! À nous les fous rires sous la tente du camping, les clins d'œil complices à chaque blague lancée par ses animateurs ! Ben oui, forcément, ils jouaient les jolis cœurs. Mais faut avouer que ça n'avait rien pour nous déplaire… Au contraire !!
Grandes fans des stars, on a bien sûr succombé à l'appel du tapis rouge. Alors on en a verni nos ongles et surligné

nos bouches. Fallait bien ça pour assurer à côté des grands noms du cinéma ! À Cannes, c'est à qui sera la plus belle. **ON A JOUÉ LES BELLES AU BAL DANSANT...** J'adoooore !

Avec Lucile, être bien, c'est facile, on rit tout le temps. On mange, on dort, on rit, on parle à des inconnus ! On vit, quoi !
J'avais oublié ce que ça faisait de se laisser porter par la joie de vivre. Elle est pas belle, la vie, là ? Je comprends pourquoi moi, je la kiffe trop. Elle m'a manqué ! Deux semaines au rythme de nos envies... à me reconnecter à la joie de vivre, à ceux que j'aime.
Loin de lui, loin de tout, je me vide la tête. J'efface toutes les prises de tête. L'éloignement ramène avec lui le soulagement. **JE PEUX VIVRE SANS LUI. J'Y ARRIVE.** Pourtant ce n'était pas gagné. Mais à force de rire, j'ai perdu ma tristesse, qui a laissé place à ma plus grande joie. Du moins, c'est ce que je crois à ce moment-là...

Après les jours « Lolita » avec Lucile, ce sont Maeva, Charlène et Morgane qui ont écrit la suite du voyage. **J'AI TROQUÉ LES ESCARPINS CONTRE LES ESPADRILLES** : on a tracé direction les plages mythiques de l'Atlantique... Celles où tu peux t'étaler sans risquer de marcher sur la serviette d'à côté. À nous Lacanau ! Mais aussi Bordeaux et ses terrasses, où les heures passent au rythme des plats et des cocktails. Après les plaisirs de la plage et de la table, on a arpenté les pavés de la ville. Là-bas à chaque coin de rue, y a un truc de ouf qui scintille dans la vitrine de nos yeux : de la cathédrale Saint-André en passant par les manoirs... Je ne peux vous cacher qu'on a fini par atterrir à la fontaine des Trois Grâces où on a rêvé de rejouer la scène de La Dolce Vita. Cela vous donne le ton. Tout était comme ça, entre humour et dérision. **LA DOSE DE LÉGÈRETÉ !**

C'est à travers ces petites aventures que j'ai compris que la meilleure de toutes les thérapies, c'était le voyage... Et à partir de ce moment-là, je n'ai eu qu'une seule envie, partir toujours plus, et toujours plus loin !

– 4 –

LES VOYAGES, MA RESSOURCE

PARIS : PARI GAGNÉ !

Juillet 2017

« Je dors dans tes hôtels
J'adore ta tour Eiffel
Au moins elle, elle est fidèle
[…]
J'me réveille dans tes bras
Sur tes quais y a d'la joie
Et des loups dans tes bois
[…]
Paris, parie combien
Paris tout c'que tu veux »

Marc Lavoine, Paris

Paris m'appelle, toujours au bon moment. Paris me rappelle tous les bons moments. Quand les jours de juillet me ramènent sur les quais de Seine, ce ne sont plus les mêmes scènes qui défilent dans ma tête. Charlène n'a pas le cœur à la fête. Elle habite un quartier sympa, mais la vie qu'elle a, elle ne la kiffe pas du tout. C'est peu de le dire, elle déprime. Comme il faut de mon côté aussi que je me change les idées, on se retrouve pour passer à l'action.

Oh là là. Nous voilà bien. **ON FAIT LA PAIRE, TOUTES LES DEUX.** C'est pas pour rien qu'on nous surnomme « Tic et Tac » : on est inséparables ! Toujours à faire les quatre cents coups et, surtout, à rigoler de tout et n'importe quoi ! Et comme plus on est de fous, plus on rit, alors bien sûr Amaury et Loïc nous rejoignent. Il ne manquait plus qu'eux ! Pour moi, c'est sûr, Paris est si beau grâce à notre dream team. Sans eux, il y aurait eu plus de larmes que de paillettes dans mes yeux.

Paris, c'est la ville de tous les miracles. Elle a quelque chose de magique. L'été se balade avec nous dans les rues. Rien que ça, **ÇA NOUS COLLE GRAVE LE SMILE** ! Alors imaginez quand on est tous ensemble ! Même s'il fait trop chaud, on kiffe trop d'être là plutôt qu'ailleurs !

Les pavés de Paris n'ont plus de secrets pour nous : on les dévale en Vélib, cheveux à l'air libre. Fuck nos brushings parfaits ! Ha, Ha ! Vive les pique-niques sur les quais à la tombée du jour, au frais. Les choses les plus simples sont souvent les meilleures, c'est vrai. Je m'émerveille de tout et de rien, je suis bien.

MIDINETTES À LA MÉDINA DE MARRAKECH !

Août 2017

« Vous y sentirez la précieuse et rare influence du soleil qui donne à toute chose une vie pénétrante. »

Eugène Delacroix

Avec Lucile, on s'est dit que tant qu'à prendre le soleil, eh bien autant aller là où il brille ! Sur la carte on a misé pile sur l'endroit qui répond à notre envie du moment : Marrakech ! À nous la ville rouge… pour y voir jaune, rose, bleu. Ouiii, à nous soleil, joie et l'azur d'un ciel sans nuages !

Et à peine sommes-nous arrivées que le Maroc nous surprend déjà. Croyez-le ou non, mais on n'a même pas le temps d'arriver jusqu'à notre chambre d'hôtel que trois mecs nous interpellent. Sérieux ? Ah, oui, oui !

La vie est vraiment trop bien faite. Tout vient au moment parfait. Quand on pense très fort à ce qu'on veut, la vie nous le donne. Essayez, vous verrez !

On avait juste besoin de changer d'horizon. Et ces trois

mecs nous offrent une excursion au pays du lâcher-prise. Ils sont cool, nous font rire et visiter la ville, tranquille. Ils donnent un autre visage à Marrakech ! Ils sont top ! Ils ont tout compris en un rien de temps. Comme s'ils avaient senti qu'avec nous c'était pas la peine de chercher plus qu'une amitié. Ils n'ont même pas essayé de nous séduire. C'est dire !

On vit au rythme de nos envies. L'heure est aux expériences et au **LÂCHER-PRISE**. On commence à comprendre ce qu'il fallait entendre quand on nous parlait des années hippies ! On se laisse porter. Transporter. À nous souks, zouk et chicha. **LE PASSÉ, SI J'Y PENSE ? MÊME PAS !**

L'ANGLETERRE… LA GALÈRE !

Septembre 2017

« Il n'y a rien que je désire changer en Angleterre, si ce n'est le climat. »

Oscar Wilde

(Il n'est pas venu avec nous, ça se voit !)

Charlène et moi, on se retrouve en tête à tête pour une virée shopping, dans « la » ville réputée pour ça, Londres ! Pour les accros, c'est l'endroit idéal, « the place to be », comme ils disent. Là-bas, les fringues en jettent un max, c'est l'originalité assurée ! Mais on va la payer… au prix fort.

Nos illusions prennent tant de place dans nos bagages qu'il n'y en a plus pour la déception. Sauf que là, **C'EST LA LOSE TOTALE** ! Le cercle infernal commence sur les quais de la gare. Faux ou mauvais départ. La suite nous le contera ! Si on avait été superstitieuses, on aurait déjà compris la leçon. Mais là… rien ne nous arrête. Prêtes pour notre virée, on ne renonce pas au premier coup du sort. Non mais, c'est pas notre genre ! **ENSEMBLE, ON SAIT QU'ON S'EN SORT TOUJOURS.**

Oui, pour essuyer les larmes des yeux du cœur, Chou et moi, on est les sœurs de toutes les situations. Mais bon, on ne s'attendait pas à essuyer vents et tempêtes. On était parties pour **KIFFER LA LIFE LONDONIENNE** avec l'insouciance de deux étudiantes ! Normal, quoi, c'est ce qu'on est !

Nous débarquons à Paris avec un peu d'avance… mais pas suffisamment, d'après la guichetière. Le premier train nous passe sous le nez, et nous n'avons plus qu'à racheter un billet. Bon, on n'est pas encore trop vénères à ce moment-là. Enfin, un peu quand même. LOL ! Mais on attend patiemment le prochain, toujours aussi enthousiastes. Ça, c'est parce qu'on ne sait pas encore ce qui nous attend là-bas…

La première soirée à Londres se passe très bien, et s'étire même un peu dans la longueur. Elle sera une petite trêve dans la ribambelle de nos galères… mais ça, on ne se le dira que plus tard !

Le lendemain, les traits tirés par une trop courte nuit, on déboule à la petite auberge de Brighton. Là, c'est pas la même. Je ne vais pas vous raconter d'histoires : on a trop les boules ! Sur le papier, elle avait tout du rêve. Dans la réalité, c'est un véritable cauchemar. Et même si on avait eu plus d'heures de sommeil au compteur, ça n'aurait rien changé ! Quand on pousse la porte de notre chambre, on découvre qu'elle est prévue pour vingt et que **NOUS SOMMES... LES SEULES FILLES** ! Oui, dix-huit mecs nous regardent avec des yeux de merlan frit. Rester plus de quelques heures ici relevait du suicide ! On était déjà cuites ! Ni une ni deux, viiiite, il fallait qu'on se décide... parce que là, y avait urgence. Chou et moi, on s'est regardées. D'un regard affolé, on s'est comprises :

« On passe au plan B. »

Faut vite détaler ! Mais avant, faut quand même recharger nos batteries. On avait prévu d'y passer une semaine, on se contentera d'une nuit, vu l'heure et notre fatigue. Et quelle nuit ! On ne se quitte pas d'une semelle. On fait tout telles des jumelles... On explore la salle de bains et on convient qu'on attendra le lendemain... là, même pas en rêve, ni en cauchemar d'ailleurs ! Si Charlène s'est laissée happer par Morphée, ma nuit ressemble malheureusement un peu trop à la précédente. Je suis un vrai zombie.
Mais j'ai toujours les mêmes envies ancrées en moi : découvrir, rire, être ivre de cette joie de vivre qui m'a trop manqué ces derniers mois.

Direction le site d'Airbnb pour notre plan B. Et, pour le coup, la chance était – enfin – avec nous.

Ce sont les rencontres qui nous réconcilient toujours avec la vie. Une fois encore, c'est fort : on tombe sur trois Italiennes, Andrea, Martina et Camilla... trop belles tant dans le style que dans le cœur. Ça le fait grave entre nous ! Ensemble, on se fait un programme tip top : visites le jour et boîte la nuit ! Complicité au rendez-vous, on rit, on se suit partout.
Ce soir-là, on sort comme les premiers soirs, mais il ne ressemble à aucun... Heureusement, je suis la seule à vivre cette expérience qu'on lit dans les journaux, ou dont on parle au flash info. La soirée a pourtant bien commencé, en rose avec quelques verres de rosé. Juste ce qu'il faut pour être gaie. Ni trop ni trop peu. Arrivées en boîte, on convoite les super cocktails. On s'en commande un... mais dans le mien on a glissé quelque chose à mon insu. Les filles, restez sur vos gardes. J'veux pas jouer les ringardes avec mes conseils, mais on croit trop souvent que ça n'arrive qu'aux autres. À tort. Ce soir-là, malheureusement, ça m'arrive à moi.
On m'a droguée.
Je me souviens des trois premières gorgées. Puis le trou noir.
J'ai des flashes : je me vois la tête dans les toilettes, à vomir mes tripes. Dans le taxi, à mal vivre ce bad trip. La suite, c'est Charlène qui me la raconte, le lendemain. Il paraît qu'une fois arrivées il a fallu encore assurer pour

rentrer. Ben oui, la porte d'entrée était fermée à clef. Les filles avaient oublié de la laisser ouverte ! Il a fallu escalader le mur... le monde à l'envers ! Y en a qui font le mur pour sortir, nous, c'est pour rentrer ! C'est Charlène qui s'y s'est collée : toute menue, elle a pu se faufiler à travers la petite fenêtre située à droite de la porte d'entrée pour finir par nous l'ouvrir ! Elle m'a ensuite mise en pyjama... Bon, y paraît qu'elle a un peu bataillé parce que j'ai pas arrêté de lui demander entre deux absences :
« C'est qui ? »
Au réveil, je n'avais pas les idées très claires, mais suffisamment pour me rappeler que j'avais rendez-vous pour changer de tête ! Ben oui, encore une fois ; dans un autre pays, je me suis dit que ça me ferait une expérience bonus. Les Anglais ont du goût et un autre savoir-faire !
Mais ce matin-là, je suis plutôt en mode « ça va pas l'faire ». J'ai la tête à l'envers, grave. Heureusement que j'ai une nouvelle fois pu compter sur Charlène pour assurer. Elle m'y a traînée. J'ai suivi, mais pas sans râler. Ben oui, les bus à impériale, c'est super quand tu peux profiter du paysage... mais là, j'ai plutôt lutté pour pas retapisser tous les sièges. J'en ai juste refait quelques-uns. Charlène ne savait plus quoi faire pour que je me sente mieux. Elle aurait bien ouvert les fenêtres du bus mais notre anglais laissait un peu trop à désirer pour qu'on obtienne ce qu'on

voulait. On en rigole encore... Mais l'épisode qui suit m'a moins fait rire, je dois vous l'avouer...

Chez le coiffeur, j'explique avec mes mots ce que je veux. Pour moi c'est clair : un châtain naturel. Rien de compliqué. Mais pour elle... ? Entre deux allers-retours aux toilettes pour vomir, le temps m'a paru long avant de découvrir... ma nouvelle tête. Je me suis retenue de ne pas hurler. **SI JE N'ÉTAIS PAS ENCORE SUR PIED, J'AVAIS ENCORE TOUTE MA TÊTE...** mais mes cheveux... j'aurais tout donné, là, pour que ça ne soit pas les miens... Plus clairs, ah oui, ils l'étaient, mais elle avait oublié une mèche rebelle... je ressemblais à un mogwaï. **UN RATÉ TOTAL. LA CATA !**

J'ai compris ce que c'était de « n'avoir plus que ses yeux pour pleurer ». J'avais grave les nerfs, mais pas les mots ni l'énergie pour le dire. Elle a eu de la chance de tomber sur moi ; d'autres lui auraient sans doute fait la tête au carré pour bien moins que ça. On repart, la déprime en prime. Sans savoir où on allait atterrir le soir. Mais c'était prévu comme ça.

Avec les sites d'hébergement, c'est pile ou face. Ouais ben là, quand on découvre l'endroit, j'ai juste envie qu'on décampe vite fait, bien fait ! **LA LOSE...**

Mais le pire était encore à venir.

On finit par vivre en décalage grave avec Charlène. Manquait plus que ça. Elle ne pense qu'à dormir alors que moi, j'ai grave envie de sortir. Insatiable. Même si j'ai le mal du pays, je suis là, alors autant continuer à découvrir ! C'est prise de tête sur prise de tête. J'ai juste envie de rentrer chez moi ! Non mais sérieux, quand ça veut pas... ça veut pas.

Mais heureusement, avec Chou, on s'aime trop pour se faire la gueule longtemps. Ça ne dure pas. Trop de love l'une pour l'autre... ouf !

On remonte dans le train avec une cartouche de déception en plus... l'Angleterre, ça a été la douche froide. Elle passe du top de notre liste à la black list en moins de deux ! Mais j'en tire le meilleur. Chou et moi, on en ressort plus soudées que jamais. Il paraît que c'est dans l'adversité qu'on reconnaît les vrais amis... vous savez, ceux avec qui on va encore faire d'autres traversées du désert. **À DEUX, ON EST PLUS FORTS, SI ON LE VEUT.**

PUNTA CANA : LE PARADIS POUR MOI

Novembre 2017

« L'instant le plus heureux d'un vie humaine est le départ vers une terre inconnue. »

Richard Burton

Le virus du globe-trotter ? Oui, oui, je l'ai attrapé ! Aïe, aïe, aïe. À peine rentrée que je n'aspire qu'à repartir ! Y en a qui tricotent des pull-overs en alignant les mailles à l'endroit quand tout va de travers. Moi, j'ai la bougeotte depuis que l'amour s'est fait la belle.
Dès que je rentre, je pointe sur le globe l'endroit où je voudrais être l'instant d'après. Ben oui, plus envie de me morfondre en ressassant le passé.
Car vous vous en doutez, quand je rentre, tout me parle de lui...

Mais à cette heure-ci, je gère encore bien l'affaire. Encore plus quand sonne celle de prendre l'avion. Oui, elle rime avec « vivre à fond ». Vous avez sans doute suivi mes posts et stories sur les réseaux pour mes 20 ans – vous vous souvenez de ce que mes amis avaient caché au fond de l'enveloppe surprise de mon anniversaire ? On y est !

J'ai le syndrome de la gratitude qui me reprend : **JE SAUTE PARTOUT** ! J'ai trop de chance de pouvoir prendre l'air. Merci !
Direction l'aéroport. Embarquement. Décollage. Destination ? Les plages de sable fin de la République dominicaine. Punta Cana, juste pour Charlène, Amaury et moi.

PUNTA CANA, NOUS VOILÀ ! ❤️

Atterrir là-bas, c'est comme tomber en plein milieu d'une carte postale grandeur nature ! Les clichés sont bien vrais : l'eau est cristalline, le sable, extra fin, et le soleil caracole d'est en ouest du matin au soir. Aucun de nous ne s'en plaint. On est trop bien. On fait le plein des paysages de rêve... sans trêve. Nous sommes aux anges. La vie devrait ressembler à cela pour tout le monde, ne serait-ce qu'une fois.

La France gèle emmitouflée dans son épais manteau blanc. Punta Cana réchauffe les cœurs... surtout ceux des jeunes mariés ! Parce que oui, ici, c'est le lieu idéal pour les lunes de miel. Pour les célib... c'est pas pareil ! Pas royal pour ceux qui traquent l'âme sœur : ils débarquent seuls et repartent seuls ! Pas d'chance, hein ?

NOUS, NOUS SOMMES TOUS LES TROIS ! Et ça nous va très bien comme ça ! On n'est pas en mode drague du tout... Plutôt « cocoon »... On n'a d'ailleurs rencontré personne. Mais aucun de nous ne s'en étonne. Nous préférons largement nous retrouver entre nous. Notre famille de cœur. Un huit clos parfait, on a signé pour onze jours en pension complète. Notre quête ? Nous vider la tête, rire, ralentir, et partir à la (re)conquête de soi-même. J'avais juste besoin de ça ! Et d'eux deux.

Au programme... rien de programmé, justement ! Mais on a instauré un petit rituel si euphorisant qu'on n'aurait rien contre le fait qu'il devienne habituel : grasse mat', p'tit déj à pas d'heure, bains de soleil sur la plage, déj à l'espagnole, bronzette et nage avec les petits poissons... avant de plonger avec nos amis les dauphins. Magique. C'était le rêve de Chou. Elle l'a fait mien, nôtre, en le partageant avec nous deux... C'est trop chouuuuette !

Nous sommes dans notre petit paradis sur terre. Je nage en plein bonheur. Je me repose sur mes trois piliers, j'dirais même mes valeurs : amitié, insouciance et légèreté. Un peu, non, beaucoup de rires, un zeste de complicité. Je peux vous assurer que le cocktail de joie est parfait... ement explosif ! J'aurais pas pu rêver mieux. Même en amoureux, je sais que le voyage aurait viré à l'orage. Alors je le savoure doublement. Baba cool, relax, c'est la zen attitude qui nous fait prendre de l'altitude. C'est le zéro prise de tête assuré... tout ce qu'on avait commandé !

Si certains sont comme saint Thomas et attendent de voir les choses pour les croire, moi, je suis plus comme Grand Corps Malade, je pense qu' « il faut y croire pour le voir ». Alors, **RÊVEZ VOTRE VIE ÉVEILLÉS** !

L'INDE : UN GRAND HUIT ÉMOTIONNEL

Février 2018

*« Délaisse les grandes routes,
prends les sentiers. »*

Pythagore

Heureusement que j'ai rempli mon agenda de voyages ; ça m'évite carrément d'être trop mal. Parce que quand je suis loin, je ne pense ni au passé ni au futur. Je vis le présent à fond. Il y a tant de choses et de personnes à découvrir ! Et c'est maintenant ou jamais... Alors, autant en profiter.

Je suis excitée comme une puce ! Ça fait des mois qu'on en parle, qu'on prépare cette nouvelle expédition. Nous y voilà. Mes parents, mes sœurs et moi nous envolons tous ensemble, des promesses plein la tête. C'est trop chouette !!! Nous sommes tous impatients de découvrir ce pays si fascinant.
L'Inde nous attend. Haute en couleur, elle va nous en mettre plein les yeux.

À peine arrivée, je suis déjà scotchée. Clouée au sol. Direct. On m'aurait logé une gauche en pleine tête sur un ring que l'effet ne m'aurait pas plus sonnée. Le décalage est total, mais ce n'est pas l'effet du jet lag. Non ! Dès les premières minutes, je percute. Les scènes qui défilent devant mes yeux ravivent ce que je veux faire dans la vie. Je vous l'ai confié dans mon agenda. Ben, depuis, j'en démords pas : **DE L'HUMANITAIRE, C'EST CLAIR**.

Tous les matins on se réveille avec le petit jour. Ici, pas le temps pour les grasses mat' et, surtout, pas l'envie. Y a trop de choses à voir, trop de gens à rencontrer !

Départ à 8 heures tous les jours : à nous le tour de la ville, l'exploration des temples ! Émotions fortes assurées. On a toujours des mouchoirs dans les poches !

Un jour, nous nous rendons à l'école. On s'est fait les témoins de leur quotidien, le cœur fébrile. Le sol est leur banc, leurs yeux, leurs stylos, leur mémoire, leurs cahiers. Ils n'ont rien d'autre. La maîtresse écrit au tableau ce qu'ils devront retenir... Cela m'a fendu le cœur.

Pas possible de les laisser comme ça. Ma famille et moi sommes revenues avec des cahiers et des crayons. Forcément, on ne sait pas vivre autrement que dans le partage !

Le soir, au restaurant, on faisait invariablement le bilan de chaque journée. J'adorais ce moment. Il en ressortait le soleil dans nos cœurs, l'émerveillement dans nos yeux.

Admiratifs de leur courage, leur joie de vivre, leur solidarité. Notre guide, aussi cultivé que discret, nous annonçait déjà la couleur du lendemain. On avait chaque fois trop hâte d'y être.

Des arcs-en-ciel de la fête des Couleurs traversent encore mes souvenirs. C'est leur manière si singulière de célébrer l'arrivée du printemps : le Holi. **C'EST UN TRUC DE OUF !** Cette fête, c'est l'effervescence. Des millions de pigments colorent le cœur et les visages de l'Inde. C'est magique ! Waouh ! Elle nous en a mis plein les yeux, et plein le cœur, aussi. Avec ces mélanges de poudres colorées, l'Inde est flamboyante, elle enchante tout le monde. Tous chantent la vie. C'est un moment où les choses s'inversent comme par magie. Les barrières sociales tombent, le partage met fin à l'isolement. C'est Noël au printemps ! Le 14 juillet en plein février. Un feu d'artifice porteur de messages authentiques : un nuage de jaune pour la foi, un autre de rouge pour l'amour et le bonheur. Que la magie agisse ! J'suis trop excitée ! J'aime voir les gens dans l'habit simple de leur joie. Ils font la mienne comme ça, le sourire aux lèvres, les éclats de rire dans la voix.

Ils pleurent. Ces perles qui roulent sur nos joues reflètent les nuances flashy de la joie, grises de la tristesse, colorées de la liesse, étincelantes de l'espoir. Comme le faisceau de lumière dans un kaléidoscope, on peut dire qu'on est passés par toutes les couleurs ! **C'EST CARRÉMENT L'EXPLOSION DES SENSATIONS !**

Mais leur quotidien ne ressemble en rien à ce jour-là. Quand sur votre canapé vous zappez et tombez sur un documentaire sur l'Inde... ce que vous prenez pour de la fiction, **C'EST LEUR RÉALITÉ**. À qui ? À tous ces enfants. De New Delhi à Calcutta, ce sont des visages noircis de cambouis illuminés de sourires immaculés, d'autres aux pieds nus ou partiellement recouverts de chaussettes trouées que j'ai rencontrés. Livrés à la rue, à l'adversité. Pris sous l'aile de leurs aînés trop vite responsabilisés. Vous hallucineriez grave, vous aussi. Autant que moi ! Chaque fois, j'ai fait le même constat : **LA MISÈRE N'A PAS PRIS SES QUARTIERS DANS LEUR CŒUR**. Au contraire, c'est un sens de l'hospitalité de ouf qui s'y est logé ! C'est impressionnant. Déroutant ! Je suis grave admirative.
Et en plus, ils ont une telle joie de vivre qui pétille au fond des yeux... Ça fait briller les miens. À tel point que je ne sais plus si je dois pleurer de joie ou de tristesse. Vous avez l'habitude, hein ? Je suis tout et son contraire en l'espace de quelques secondes... Du grand n'importe quoi !

QUELLE LEÇON DE VIE ! Ils ont tout compris. En apparence, ils n'ont rien. Mais dans les faits, ils ont tout. En eux. Entre eux. C'est là toute la différence. Sacrée claque pour nous.

En France, on fait des overdoses de malbouffe. Ici, c'est d'une trop grande dose de famine dont ils souffrent. Avec mes sœurs, on avait pris le strict minimum pour nous… et emporté le maximum de jouets pour eux. Nos valises en regorgent. Notre kif, c'est de les faire kiffer !

Ah bah, ça n'a pas loupé ! Mes parents, mes sœurs et moi, on a été émus chaque fois. Voir ces frimousses qui se trémoussent de joie sur le bruit des maracas. Partir dans un éclat de rire en captant celui d'un autre çà et là. Ça nous émeut. Imaginez le tableau : maman essuie la perle qui habille ses cils d'un revers de main discret et accentue son magnifique sourire. Papa dit que c'est la poussière. Mais mes sœurs et moi, on n'est pas dupes ! Qu'est-ce que je les aime !

Je le savais. Oui. Je le savais que ce voyage changerait la couleur de nos cœurs. Nous sommes tombés raides dingues, **COMPLÈTEMENT LOVE** de ce pays. D'eux.

Depuis, il n'y a pas un jour où je ne pense pas à ces enfants. Pas seulement ceux d'Inde. Mais à ceux du monde entier.

VOYAGER DANS LE CŒUR DES GENS : JE TIENS ÇA DE MES PARENTS !

« Même le plus long des voyages commence par un premier pas. »

Lao-tseu

J'ai été à bonne école, comme on dit... Plus : **J'AI ÇA DANS LE SANG**. C'est dans l'ADN de ma famille. Mes parents, ils aiment trop les gens pour ne pas leur donner. Ma maman, Véronique, elle en a fait son métier, d'aider les autres ! Aide-soignante, elle l'est 365 jours sur 365, car elle aide et donne tout le temps : au travail, dans la vie de tous les jours, à ses patients, aux gens qui croisent son chemin... À nous ! Elle nous comble tous les quatre. Elle assure grave, ma maman. **ELLE EST MON MODÈLE.** Elle est belle sous tous les angles. Merci pour tout ce que tu fais et pour tout ce que tu es. Je t'aime, mam's.

ET MON PAP'S... il assure trop, lui aussi. Paysagiste un peu partout. J'ai en tête ses petits moments de folie, de cœur en fête. **IL M'ÉPATE !** C'est des fleurs de bonheur qu'il plante dans le cœur des gens ! Des enfants, plus particulièrement. **IL EST CARRÉMENT INCROYABLE.** Quand

il va travailler dans ce centre de rééducation, il ne s'occupe pas seulement de créer un paradis dehors, non... il rentre à l'intérieur des cœurs, en bon farceur qu'il est. Il se glisse dans son costume de clown, chausse nez rouge et perruque et sème ses blagues et sa bonne humeur chez les petits qui sont là-bas. Il a même tissé des liens serrés avec un bout d'chou de six ans. Il lui faisait le soleil tous les jours... jusqu'à son dernier souffle. C'est un père Noël du cœur à plein temps, mon pap's. Même avec nous, il distribue des câlins... ça fait trop de bien !
C'est ce que j'ai appris de lui : **DONNER COMME SI CHAQUE JOUR ÉTAIT LE DERNIER**. Parfois, il l'est pour d'autres. Alors, aimons toujours aussi fort qu'on le peut. Sans retenue, le cœur débridé de ses peurs ! Merci mon pap's. Je t'aime, tu sais.

Au moment où je vous écris ces quelques lignes, je suis en pleine préparation d'un nouveau voyage. Mon plus grand, peut-être. Je m'apprête à partir pour un tour de l'Asie ! Alors, vous comprenez pourquoi je piaffe déjà d'impatience de m'envoler avec Marine et Maeva pour rencontrer les autres p'tits bouts. J'irai fouler leurs terres, me frotter à leur poussière pour rallumer l'étincelle dans leurs grands yeux ! Oui, oui, oui, je le ferai de Bali aux Philippines en passant par le Laos, le Viêtnam et la Chine. **J'AIMERAIS**

DÉJÀ Y ÊTRE. J'y pense tous les jours. J'ai trop de chance ! J'ai le cœur gonflé d'amour à bloc... Trop hâte !

Je sais pourquoi je me lève le matin : pour leur offrir les clefs de meilleurs lendemains. Je redouble d'efforts pour gagner cette bouffée d'oxygène dans leur quotidien asphyxiant. Je tiens à leur transmettre mes valeurs. À la mesure de mes moyens, bien sûr ! **JE RÊVE D'UN MONDE MEILLEUR.** Utopiste, non, pas du tout ! Idéaliste, peut-être. Je sais que cela passe par le cœur et les mains tendues. Avec le partage et la solidarité, le monde aura un autre visage. Venez avec nous. Plus on est nombreux, plus il y aura d'enfants heureux. Ils sont les graines des fleurs de demain. Arrosons-les d'amour inconditionnel, car l'amour est universel !

Au top de ma forme, j'ai l'impression que plus rien ne peut m'arriver... Impression ou réalité ?

Chaque voyage que je fais m'éloigne du mal, du mâle et de nos enfantillages. Oui, quand on dit que les voyages forment la jeunesse, eh bien, c'est vrai ! Ils nous rapprochent un peu plus de l'essentiel. Moi, ils me rappellent que je m'étais perdue.

PARTIR M'A FAIT REVENIR À MOI-MÊME... merci la vie.

AVEC LES HAUTS... LES BAS !

Des coups de blues de mai 2017 à novembre 2018

« Il y a des chagrins d'amour
que le temps n'efface pas. »

Marc Levy

Bon, bah... c'est pas à vous que je vais la faire... La carte postale idyllique avec aucun nuage dans le ciel, on le sait toutes que c'est grâce à ce fameux logiciel : Photoshop. Que dans la vraie vie, ça arrive une fois tous les 36 du mois. Ha, ha !

Alors voilà, quelques gros nuages ont noirci le bleu de mon ciel... ben oui, je n'ai pas un cœur de pierre, même s'il a traversé les flammes de l'enfer. Alors, pour vous, je vais revenir ici en flash-back sur les moments où j'avais le blues même si j'affichais le sourire !

Le grand huit, je ne l'ai pas vécu qu'en Inde. Non. Je passais des rires aux pleurs en un claquement de doigts chaque fois que la joie se posait là, avec moi... Parce que, longtemps, je n'ai pas envisagé de ressentir cette joie... seule. Alors, l'habitude a souvent renforcé ce sentiment de solitude. Elle a aussi gribouillé mon soleil intérieur ! Les blessures ont fait place aux ratures sur mes projets de futur. Mais paraît qu'c'est normal, que le jour succède toujours à la nuit, le soleil, à la pluie... Là, je vous livre tout, les orages aussi bien que les arcs-en-ciel qui leur succèdent !

J'ai toujours eu le sourire, mais derrière je cachais mes larmes. Ce serait tricher de n'évoquer que les rires des voyages, je dois aussi vous parler des larmes qui se sont glissées entre eux, surtout après le dernier, en Inde.

DE LA FÊTE À… LA PRISE DE TÊTE

Flash-back pour vous
Mai 2017

« Ça ne sera pas facile, mais à force de persévérance, tu y arriveras. »
Femmes d'Influence

Vu comme j'aime rire, vous imaginez bien que je ne manque pas un seul des anniv de mes potes ! Et encore moins depuis… que c'est fini. J'ai tellement vécu dans ma coquille que **J'AI ENVIE DE LA BOUFFER, LA VIE, LÀ**. J'pourrais même prendre un bain de foule pour toutes les douches froides que je me suis prises…
Aujourd'hui, c'est notre ami d'enfance Antoine qui nous rassemble ! (Vous vous souvenez ? Je vous avais déjà parlé de lui un peu plus tôt !) J'adore ces moments passés tous ensemble. Ça vous booste énormément en peu de temps.
Je me prépare, je m'fais belle, quoi ! Ça aussi, j'adore ! Mais ça n'est un secret pour personne, vous le savez, hein ?
Quand je descends pour rejoindre la fête, Maé m'arrête. Elle me sourit et me dit avec un regard bienveillant :

« C'est fou comme t'es bien depuis que t'es plus avec Max ! »

Je sens mon cœur vriller, et la seconde d'après j'éclate en sanglots... un mot de trop ? Non, pas du tout. Elle a tout juste. Je vais super bien. Trop bien, même, aux yeux de certains... eh bien là, ce que je vais vous livrer leur donnerait raison. Parce qu'au fond... Maé met le doigt sur ce qui m'a perdue. Ce jour-là, je suis comme une aveugle qui recouvre la vue.

Je ne pleure pas de tristesse. Je ne pleure pas parce que je repense au passé. Les larmes coulent malgré moi, malgré l'absence de chagrin. Par pure... nostalgie. Normal, vous me direz ? Mais non. Cette nostalgie qui survient ce jour-là, elle n'est pas... de lui. Non, il ne me manque pas. Hein ? Là, vous vous dites : **« ELLE EST GRAVE, LA FILLE »** ! Non. Je prends conscience de ce qu'était, en réalité, ma relation passée...
Je vais vous le dire, ce qui me manque à ce moment, c'est de... pleurer. Vous avez bien lu ! J'ai tellement été habituée à pleurer quand j'étais en couple que là, ces mois sans, c'est comme s'il manquait quelque chose à « ma normalité ». Sérieux ? Oui, sérieux.
Quand je pleure face à Maeva, je ne sais si c'est de joie

de retrouver cet état, mais ce que je sais, c'est que je me sens bien. Parce que cet état-là, je l'ai tutoyé tant de fois qu'il a fini par me manquer. Comme si, pour être normale, ma vie devait revêtir l'amertume des larmes. **J'ASSUME TOUT CE QUE JE VOUS LIVRE.**

J'ai pleuré, pleuré, pleuré. Et ça allait de pair avec l'enfer dans lequel brûlait trop souvent notre paradis. Nous nous aimions à coups de « je t'aime » et d'insultes, d'un amour fort et brut... fort et brutal. Il aurait pu être fatal... Dans ce « je t'aime, moi non plus », j'ai cru que pour aimer pour de vrai il fallait avoir mal. Parce que je ne connaissais que lui. Que notre façon d'aimer. Aimer à en souffrir pour sentir jusque dans ma chair qu'il m'aimait. Maltraitée par les mots et les maux que m'infligeaient ses excès avec elles... **J'EXISTAIS PARCE QUE JE ME SENTAIS VIVANTE**. Mourir un peu, beaucoup psychologiquement, c'était vivre à ses yeux. Attirer son attention quelque part sur l'exception de notre amour. Personne ne pouvait s'aimer comme nous nous aimions. Aucune d'elles ne saurait l'aimer comme je l'aimais... Dénigrée, rabaissée, niée, je croyais à la force de notre amour jusqu'à en porter les marques sur ma peau.

Alors, la normalité des autres me claque en pleine figure. Être respectée, aimée m'était grave étranger ! Pour moi, c'était ne pas exister... Quand je le réalise, je comprends que je me suis oubliée pour être aimée à

tout prix… au prix de nier totalement celle que je suis. Pathétique !
Je croyais qu'une histoire d'amour « normale » devait être ponctuée de pleurs, d'insultes, de désaccords, de prises de tête, de coups dans le cœur, des bleus au corps… pour se retrouver et se prouver qu'on s'aime vraiment très fort. Comme s'il fallait en passer par là pour **GAGNER LE DROIT DE S'AIMER**. Pour moi, amour intense rimait avec maltraitance… Pour moi, l'absence de violence rimait avec absence d'amour. C'est terrible. Je sais. Mais c'est un fait. C'est comme ça. Ça, c'est fait !
Ça nous est arrivé parce que nous étions faits pour le vivre et le supporter ensemble. Parce qu'à ce moment-là notre manière à nous de nous aimer, c'était ça, dans l'enfer de nos sens. Même si, pour la plupart des gens, ça n'a pas de sens. Cela nous a appris à devenir ce que nous sommes. Bien sûr qu'il ne faut pas en passer par là pour exister, aimer et être aimé. Mais ça a été **NOTRE CHEMIN, NOTRE DESTIN À LUI, À MOI, À NOUS**. C'est tout.
Aujourd'hui, je sais que s'aimer, c'est se respecter et s'accepter tels qu'on est.

Alors quand je dis à Maé que je ne sais pas si je vais vraiment mieux, que je ne me sens pas toujours bien dans mon corps… comme si j'étais à l'étroit, en quelque sorte, et tout ça le visage baigné de larmes… elle y met du cœur pour me convaincre du contraire : « Mais t'es malade ! Tu vas carrément mieux ! Tu n'es plus une enfant ! C'est normal que ton corps change ! Tu es tellement mieux sans sa torture ! Il a vraiment eu de la chance de te rencontrer, tu sais. »

Elle sèche mes yeux. Elle a trop le don de trouver les mots qu'il faut ! Je me dépêche de rejoindre la bande d'Antoine.

Croyez-vous au hasard ? Ou aux synchronicités ? Bref, ce qu'on appelle plus souvent les coïncidences ? Moi oui ! Et ce qui suit me conforte dans l'idée qu'on est tous connectés... grave.

Eh bien, croyez-le ou non, mais cette nuit-là le passé me rattrape au triple galop. Incroyable mais vrai !

Dans notre bande, on a un petit rituel : sortir danser en boîte. Et ce soir-là ne fait pas exception ! Comme je ne fais pas un pas sans vous en informer sur les réseaux sociaux, je vous en parle.

Je ne sais pourquoi, mais ce soir-là, Max suit aussi mes actualités. Et ça ne lui parle pas, ça le chatouille là où ça fait mal... et quand il a mal, il me le fait savoir. Je ne tarde pas à recevoir un premier message.

T'es en boîte ? T'es avec lui, c'est ça ? Je sais où tu es. Je vais t'attendre à la sortie.

Comme trouble-fête, y a pas mieux. Hein ! Pfff...

NO COMMENT !

Je ne veux pas ennuyer tout le monde, mais là je dois avertir mes amis de sa venue... au risque d'une grande déconvenue.

En fait, comme il a grave les nerfs de me voir sortir et être bien sans lui, il scrute mes moindres faits et gestes ! **BIG BROTHER, C'EST LUI ! J'AIME TROP PAS !** Quand il est comme ça, tous les coups sont permis pour savoir si je suis encore en lien avec ses potes... parce qu'il ne s'agit que de ça, l'ego ! Évidemment ! J'ai grave les nerfs. Et en même temps je comprends. Mais je me sens prisonnière. Il me croit avec l'un de ses potes parce qu'il a vu une photo de nous deux sur Facebook ! Mais il se fait des films, grave ! C'est relou, on n'a rien fait du tout ! **C'EST LE MONDE À L'ENVERS !** Mais paraît qu'c'est toujours comme ça, alors je ne vais plus me ronger les sangs... Ça, c'était avant ! Je continue ma soirée. Enfin, ce qu'il en reste. Mais bon, vous me connaissez... trop connectée pour passer plus de dix minutes sans regarder mon téléphone. Là, ce ne sont pas les messages de Maxence qui me scotchent, non. C'est la capture d'écran envoyée par une copine. Mais pas que...

une liste de 06 inconnus l'accompagne… Mais qu'est-ce qui se passe ?
Je comprends en ouvrant le message… Max est tellement mal **QU'IL A BALANCÉ MON 06 SUR TWITTER**. Nan mais j'y crois pas !!! Sérieux ? Je pensais qu'il me les avait toutes faites. Ben non ! Il se surpasse grave quand la jalousie le dépasse !
Là, j'étouffe. Je veux rentrer. Être partout ailleurs, mais pas ici… s'il est là, à la sortie. Comment ça va se passer ? Je pète un câble. Je fulmine ! J'ai l'impression d'être dans le **BAD TRIP** d'un mauvais film. Quand est-ce qu'il va arrêter de me harceler ? J'en peux plus. Quand je voulais, il voulait pas. Et là je ne veux plus et lui, il veut « plus ». Ben oui, forcément, c'est le fameux : « Suis-moi, je te fuis. Fuis-moi, je te suis. » Moi, j'dis qu'en amour on devrait même pas avoir à faire les comptes des pour et des contre. On devrait juste avoir à faire la somme de nos « je t'aime ». Ben oui, **L'AMOUR VRAI, ÇA NE POSE PAS DE PROBLÈME**. C'est la solution à tout.
Je sors la boule au ventre, frôle les mûrs pour gagner la sortie. Max devrait être parti… J'ai eu les amis qui ont quitté la soirée avant moi et ils ont assuré mes arrières. Ils ont déroulé le scénario à la perfection en lui disant que j'étais déjà rentrée chez moi. Mais bon… déterminé comme il est, il ne va pas lâcher l'affaire !

D'autant que là, il me croit avec un autre… enfin, un autre bien particulier, son pote ! Ça chatouille sa jalousie… et pas que !

Heureusement, Lucile est avec moi. Ensemble, on dédramatise grave la situation. Bien sûr, comme toutes les filles, sur le chemin, on repasse le film de la soirée. On ressasse et on se refait aussi les épisodes passés. Forcément ! Quelle bêtise ! Ça attise l'inquiétude. C'est malin ! Mais quand je cherche la voiture du coin de l'œil, c'est une autre qui attire mon attention à celui de la rue. J'y crois pas. **LUCILE, PINCE-MOI…** C'est bien la voiture des parents de Max. Je le vois au volant, yeux rivés sur la rue, tapant la discut avec son pote Malik. Il m'a remarquée. Nos regards se captent. Il m'ordonne : « Monte dans la voiture. »
Lucile m'attrape par la manche et tente de m'en dissuader :
« Non, n'y va pas !
– C'est OK. T'inquiète pas. »
Bien sûr, elle a peur que ça tourne mal. Mais Max est trop mal. Et ça, je ne le supporte toujours pas. Alors, je me suis exécutée. Malik a ouvert la portière et m'a cédé sa place pour aller retrouver Lucile.
Avant de m'asseoir, je les rassure : « Tout va bien. »

J'ai à peine le temps de lui faire face qu'il me jette à la face :
« Tu l'vois depuis longtemps ?
– Ben, on s'écrit et on s'appelle de temps en temps.
– Ouais, c'est ça, prends-moi pour un c** !
– C'est quoi, ton problème ? C'est qu'on m'aime et qu'on me veuille du bien ? C'est ça, hein ?
– Lui te veut du bien, ça, c'est sûr... Si y a rien, pourquoi tu t'affiches avec, alors ? Tu te payes ma tête !
– T'es grave, tu te fais du mal pour rien : y a rien, rien du tout. Lâche-moi. »

La vie est incroyable, arrive ce qui devait arriver... puisque tout est parfait. Juste à ce moment-là, celui qui lui met les nerfs à vif m'appelle en Facetime... Je raccroche et tente de cacher l'écran... Pas envie de lui faire du mal inutilement. **MOI, À CE PETIT JEU-LÀ, JE NE MARCHE PAS.** Il est plus fort que moi. J'en reviens pas de ce qui arrive ! La vie m'aurait fait mentir alors qu'il n'y a aucune ambiguïté entre lui et moi. Juste de la bienveillance. Mais comment le faire comprendre à Max pour qui l'amitié entre filles et garçons n'existe pas... autrement qu'en passant par son lit ?
Max me voit faire et m'arrache le téléphone des mains. Direct ! Il découvre le nom de son pote et part dans son délire : « Vous vous appelez en Facetime et y a rien ? T'es complètement malade : c'est mon pote. T'as la Terre entière et toi, tu te tapes mon pote ? »

Je n'ai pas le temps de lui donner ma version des faits... Dans un accès de colère, il me pousse la tête contre la vitre. Le mal est fait. Mon cœur se défait. Une fois encore. Une de trop. J'en peux plus.
Son geste n'échappe pas à son pote Malik qui n'a pas loupé une seule seconde de ce qui se passait dans la voiture. Il arrive juste avant que ça ne dégénère : « Eh... lui parler, c'est OK. Par contre, si tu la touches, c'est pas la même. J'vais pas rigoler avec toi. Compris ? »
J'éclate en sanglots comme si son intervention, son instinct de protection me ramenaient à la violence de la réalité. Mais pourquoi tant de haine ? Ben parce qu'il est jaloux et possessif et parce qu'il m'aime... Mais **POURQUOI IL A PAS RÉAGI AVANT ? C'EST TOUJOURS LA MÊME HISTOIRE AVEC LES MECS : ILS ATTENDENT QU'ON SOIT PARTIE POUR REVENIR...**
Et là, la dose d'injustice est trop forte, j'explose : « Y a rien ! Rien de chez rien ! Alors arrête de me faire ch*** ! Tu as eu ta chance. C'est fini. J'ai commencé à refaire ma vie, alors laisse-moi tranquille. »
Lucile, qui s'est réfugiée à l'arrière de la voiture, s'improvise conciliatrice. Une main réconfortante sur mon épaule, elle tente de me ramener à la raison. « Arrête. Ça sert à rien de lui parler. Viens. »
Au comble du mal-être, Max n'en peut plus et me lâche : « Non mais c'est bon, vas-y. J'veux plus t'parler... »

J'ai trop mal. Les joues barbouillées de mascara, le cœur en miettes… Faut vraiment que ça s'arrête. Un silence de mort sonne la fin de la discussion.
Lucile me serre l'épaule et sort rejoindre Malik qui se tient toujours à côté de Max main sur la portière. Lui aussi, il a grave les boules. La tension est palpable. Je le vois bien. Son attention le confirme : « Bon, **DITES-VOUS ADIEU UNE BONNE FOIS POUR TOUTES**. »

Lorsqu'il s'éloigne et emmène Lucile un peu plus loin, Maxence s'effondre. On sort de la voiture. Et voilà, on chiale tous les deux comme des Madeleine… Ça sent la fin des fins… On se retrouve une fois encore face à face. Des larmes plein les yeux…
Dans un élan… d'amour ? de désespoir ? Maxence me prend dans ses bras et me serre fort, fort, fort… fort… **MON CORPS S'EN SOUVIENT ENCORE**. Trop craquant… mais je ne craque pas. Faut pas, j'peux pas, j'peux plus. Trop, c'est trop. Alors je ferme les yeux, le serre fort. C'est intense. Douce violence. Et je pars. Je trace. Sans me retourner. Je sens que si je me retourne, ça va faire trop mal. Un regard et l'espoir repart. Je le sais trop. Et puis, si je me retourne et qu'il me regarde, ça voudrait dire qu'il m'aime… encore.
Mais j'ai beau savoir ça… je ne résiste pas. Avant de

disparaître au coin de la rue, je me retourne. **NOS REGARDS S'EMBRASSENT UNE DERNIÈRE FOIS.** Ses larmes appellent les miennes. Ben voilà, je suis toute retournée ! Grave. Dans mes larmes se mêlent amour, haine, colère, manque de lui... je me sens complètement perdue ! Lucile me prend par le bras et on file dormir, enfin essayer, chez une copine d'Antoine à Rouen. Sur le chemin elle m'engueule presque, gentiment bien sûr : « Ben voilà, tu ne te rends pas compte mais avec tout ça, il t'a encore fait du mal ! Il attire ton attention et vlan, un couteau dans le cœur ! »

Oh là là, le matin, c'est trop dur. Yeux gonflés, chignon comme mon cœur, défait. Je rejoins Lucile. Après une nuit à me refaire toutes les séquences de la veille, la journée promet d'être difficile. On sort déjeuner et ensuite elle me raccompagne chez moi. La première personne que je vois en passant le pas de la porte de chez moi, c'est... lui ! Un vrai cauchemar... il me suit, me poursuit... j'veux me réveiller, svp ! Il est là, dans la cuisine à parler avec Maé. Je vois le désespoir assombrir son regard. Maé s'approche de moi et, avant de nous laisser, elle me dit : « Il veut te parler. **ÉCOUTE-LE.** »
Elle m'embrasse affectueusement sur la joue et monte dans sa chambre.

En pleurs, Maxence se lance : « Bébé, j'en peux plus, tu m'manques trop. J'suis prêt à faire tous les efforts. Je vais changer. »
Impulsive, à fleur de peau, je lui envoie un : « Mais en cinq ans, t'as pas bougé d'un pouce malgré toutes mes demandes. Alors arrête, s'il te plaît. »
Insensible. Mon cœur trop meurtri a fini par se fermer... à lui. **J'Y CROIS PLUS.** Même si j'voulais, j'y arriverais plus. **JE M'EN VEUX TROP.** C'est malgré moi.
Maxence sent que le vent a tourné et s'empresse de chercher dans son sac les cadeaux qu'il a ramenés. Il me les tend. Je les refuse.
« J'en veux pas. C'est trop facile de m'acheter. C'est bel et bien fini. »
Je me sens vide. Vidée. À bout de force, d'amour. **LE CŒUR SEC.** Je voudrais mais je ne ressens plus rien. Rien d'autre que ce trou en moi... Il pleure et ça ne me fait rien. C'est horrible. C'est comme ça. J'ai trop pleuré. J'ai vidé tout le stock. J'suis en rupture de tristesse et de tout c'qui va avec. À sec. Contre ça, y a rien à faire. Juste à laisser aller. À se quitter, encore une fois.

« Viens, on arrête de s'faire la guerre. Mais clairement, ça sert à rien qu'on s'remette ensemble. On a essayé mille fois. Faut s'faire une raison, là. Ça ne marche pas. Restons en bons termes. »

Mes mots lui claquent le cœur. Il pleure encore plus fort. Il veut me prendre dans ses bras. Je le repousse. Je ne ressens toujours rien. Rien. Là aussi j'dois m'faire une raison. J'ai changé. Lui, pas encore... Il s'approche de moi, me prend par le bras pour me faire un câlin et m'avoue : « Je suis tellement désolé pour tout l'mal que j't'ai fait. Tu es vraiment quelqu'un de bien, tu sais. »
Je ne peux pas. Je le repousse. C'est plus fort que moi.
« Appelle tes parents et dis-leur de venir te chercher. »

Bon, ben super forte, la fille : ma résolution n'a pas duré plus de cinq minutes ! Je le prends dans mes bras pour lui faire un gros câlin. **J'PEUX PAS LE LAISSER COMME ÇA.** Pas moi. Je l'ai trop aimé pour ça.
On desserre notre étreinte. Dans un regard profond je lui dis au revoir : « Je te souhaite de rencontrer quelqu'un de bien qui te rendra heureux. »
Il en reste bouche bée. Blessé. Meurtri. Sa bouille s'est obscurcie. Fermée. Il ne trouve plus les mots. Il a compris cette fois que c'était bel et bien fini pour moi. Moi d'ordinaire si jalouse, si possessive, je lui souhaite d'être heureux avec une autre que moi... Ça calme. Ça, c'est sûr, il ne s'y attendait pas. Moi non plus. Elle est incroyable, la vie. Surprenante. Délirante. **TROP DINGUE.** Mais ça fait du bien, quand le mal s'arrête. Ça repose le cœur, la tête.

Enfin, pour le moment… On sait vous et moi que quand ça nous prend… le doute nous reprend !
Ses parents arrivent. Ils l'attendent dans la voiture. Je l'accompagne, les salue. Il monte mais non sans me lancer un dernier regard. Je m'y accroche et le regarde partir… Je ne ressens toujours rien.
Je me dépêche de rentrer, trop impatiente que Maé me fasse un compte-rendu de leur discussion. Et ben voilà… vous voyez, ça me fait quand même quelque chose… quand il est pas là, mon cœur baisse la garde. Il faut bien que je me regarde en face ; je suis comme ça, insensible en apparence en sa présence, mais seule, je suis d'une autre étoffe : vulnérable. Grave dans le questionnement, forcément.
Maeva me dit qu'elle n'a pu se retenir de lui dire ce qu'elle avait sur le cœur. Normal, faut pas toucher à sa p'tite sœur. Et elle m'a trop souvent récupérée en pleurs… ramassée à la petite cuillère… le cœur gonflé de colère. Là, elle s'est lâchée, mais avec les bons mots. Quand même ! Elle assure trop, ma Maé ! **T'ES TROP PARFAITE ! JE T'AIME !**
Elle me confie que lorsqu'ils n'étaient que tous les deux elle lui a dit : « Mais qu'est-ce que tu crois, Maxence ? Que tu peux encore débarquer comme ça et exiger ton dû ? Que Margot va encore accourir dès que tu lèves le petit doigt ? Mais réveille-toi, c'était avant qu'il fallait ouvrir les yeux et faire des efforts ! **GRANDIS ET LAISSE-LA TRANQUILLE !** »

Une belle preuve d'amour... je me sens trop mal, là. Comme au bord d'un précipice. Je sens que je bascule... je ne sais plus quoi croire...

« **TU CROIS QUE LES GENS CHANGENT ?**
Pour de vrai, j'veux dire ? »
– **NON, JAMAIS. T'AS PAS À T'EN FAIRE AVEC ÇA**. Crois-moi. »

Je repense à ces mots et je m'effondre. En larmes. Tout tourne en moi. Autour de moi. Mais quand est-ce que ça va s'arrêter pour de bon ? Je ne sais plus. Plus rien... Tout est flou dans ma tête et dans mon cœur. Je ne sais pas si c'est parce que je l'ai revu ou parce que je me demande s'il est bel et bien en train de revenir... Au fond, je ne sais même pas de quoi j'ai envie. Je ne sais plus.

Je sais juste que **J'VEUX SAVOIR OÙ JE VAIS... SANS LUI**. Et surtout s'il va me laisser y aller. Je sais que j'l'ai trop méritée, cette paix...

MON PLUS GRAND BAS : CE SEMBLANT DE RETROUVAILLES

Flash-back juillet 2017

« Aime-moi de même, quand un cœur d'amour est brûlant, il ne sent pas ce qui est tiède. Dis-le-moi souvent, dis-moi que tu n'as jamais aimé comme tu m'aimes, que je sois le seul que tu puisses aimer ainsi. Dis-le-moi encore, dis-le-moi toujours. »

Mirabeau

J'ai souvent fait bonne figure, mais jamais avec elles.
« Elles » ? Mes sœurs.
C'est impossible, de toute façon : elles lisent en moi comme dans un livre ouvert. Alors, Maeva, Marine et moi, on a pris le parti de tout se dire. Et on a pour habitude de le faire en haut, dans l'une de nos chambres. Parfois entre les trois, dans notre petit sanctuaire rien qu'à nous ! Alors, ce bas-là, c'est là-haut qu'on le réglera.

Fidèles comme vous m'êtes, vous avez tout suivi, ben oui ! Tous mes posts et toutes ses ripostes. Vous vous souviendrez peut-être de cette période ? Eh bien, à ce moment-là, on s'envoie des messages codés. On se cherche sur Twitter, à coups de citations. **TROP MIGNON**, hein ? Comme dans les films, une fois de plus. Plus je vous parle et plus je vois la magie de ma vie : **MERCI**. C'est parce que vous êtes là…

Ce jour-là, je poste une énième citation. Sauf que là, elle fait grave son effet. Lui en balance une qui fait justement pencher la balance du côté… de l'envie de le revoir ! Dingue, hein ? Alors quand il me contacte sur WhatsApp, je craque :

Coucou, comment vas-tu ? Tu deviens quoi ?

Et nous voilà repartis dans un ping-pong de questions. Avec des réponses comme au bon vieux temps, du tac au tac… **BEN OUAIS, ÇA ME PLAÎT !** Et pour une fois, là, je me laisse porter. Il donne le la, je ne fais que répondre… C'est toujours lui qui écrit en premier ! Calculatrice ? Mais qu'est-ce que vous allez chercher ? Pas du tout : observatrice ! Un juste retour des choses, dirons-nous. Et naturel, en plus !

On se prend tellement dans le délire qu'il va sans dire que **SE REVOIR N'EST PLUS UN SUJET… C'EST UNE ÉVIDENCE**. Il est à Marseille mais son retour approche à grands pas… et la séduction entre nous a carrément fait son grand retour, elle… Mais avec elle, voilà que me reprend l'angoisse à l'idée d'en parler à toutes mes copines ! J'les connais par cœur. Là, elles vont trop avoir les boules, c'est sûr. Alors que je me surprends à repartir dans mes idéaux de couple… trop beaux… leurs peurs à elles déboulent en grandes pompes ! Ben ça loupe pas, elles me pompent l'air direct ! Charlène, Lucile… et comme je ne peux pas ne pas en parler à Amau, lui aussi me tombe sur le dos… J'ai pas deux parents, j'en ai cinq, là !

« **MAIS T'ES MALADE**, tu vas retomber dedans. Arrête direct ! »

Je sais qu'ils m'aiment trop, qu'ils ne cherchent qu'à me protéger… Mais là, mon cœur est un peu sorti de sa carapace pour tester sa place dans celle de Max. Je sais que ça paraît fou. Mais là, c'est ne pas aller jusqu'au bout qui l'est encore plus pour moi.

On ne change pas nos habitudes et on se retrouve à notre endroit… à Bihorel… Peut-être étions-nous tous deux persuadés que la magie de la première fois allait reprendre ses droits ? Qu'elle effacerait tous les gestes maladroits et que notre histoire filerait à nouveau droit ? Ben quoi, **LES MIRACLES, ÇA N'ARRIVE PAS QUE DANS LES WALT DISNEY** ! Parfois il faut aussi savoir rêver, dans la vie. Bon, c'est bien de le faire la tête dans les nuages mais avec les pieds sur terre. Plus facile à dire qu'à faire, hein ?

Quand je pars le rejoindre, j'ai ces compagnons qui sont de retour, vous savez, les papillons dans le ventre. Bon, pas de panique, j'en ai juste un ou deux. Sérieux ? Oui, sérieux. C'est comme si on nous avait projetés dans le passé, dans nos années collège. Je l'attends dans ma voiture Il est en retard... ça, ça ne change pas. Je le vois qui arrive, bouquet à la main, sourire aux lèvres.
On se retrouve à peine que déjà on rigole. La glace n'a pas besoin d'être brisée... elle a déjà fondu avec nos messages des derniers jours. On s'embrasse naturellement à la commissure des lèvres... comme avant. D'autres papillons rejoignent le premier peloton. J'ai le cœur comme dans du coton. Trop bon. Je kiffe cette sensation. On rigole. C'est la première fois qu'on est restés aussi longtemps l'un sans l'autre. Nous sommes à nouveau grave aimantés l'un par l'autre. Malgré nous. Fébrile, je finis par lui poser ***LA QUESTION*** que je brûle d'envie de lui poser depuis qu'on s'est retrouvés :
« Est-ce que t'es sorti avec quelqu'un depuis nous ?
– Non, personne.
– Même pas un p'tit bisou ?
– Non, rien. Et toi ?

– Non plus. »

Si je suis sûre de moi, lui, je ne le crois pas une seconde. Mais je me calme direct, j'suis pas là pour lui prendre la tête. J'étouffe ma jalousie. Non mais, elle est trop relou, celle-là ! Bon, si mon cœur avait baissé la garde, après ça il revient sur ses gardes. Forcément. Du coup, voilà que je me fais la malle dans mes pensées. Je me demande si je l'aime encore. On est trop bien, là, en plein délire... Oooh, c'est bon. Mais du coup, on est en mode « super potes » ou « love love » ? Oh là là, ça y est, je redeviens relou. Je me vois faire. J'suis grave, mais j'ai trop la trouille. Ben oui, c'est ça, la trouille de recommencer, de retomber dans la même détresse, à cause de toutes les embrouilles qu'il m'a faites. Mais on est trooooop bien, là... Je ne sais même pas comment je résiste ! J'ai tellement, mais tellement envie de l'embrasser. Juste pour savoir... comment je me sens. Si j'ai encore des sentiments, ou si je me mens. Y a que comme ça que je saurai – le corps sait. Il ne nous trahit pas. **LUI !**

Ses lèvres sur mes joues, dans mon cou stoppent net mes tergiversations ! Il m'embrasse... On s'embrasse... Il a raison, au moins, là, plus de questions. J'ai ma réponse. Paniquée ! Mon Dieu, mais qu'est-ce que je fais ? J'ai mes parents et mes sœurs qui me dévisagent, là, juste devant mes yeux... dans ma tête. La culpabilité me les a envoyés.

Mais quelle idée... Je pense à tous ceux que j'aime, et là **J'AI UN GRAVE DILEMME**. Je m'vois trop pas leur dire qu'on s'est remis ensemble. Ça les achèverait, après tout ce qu'il m'a fait...

Et puis, je suis sûre qu'il me ment. J'les connais, les mecs. Ça fait les choses mal, les mecs – surtout quand ils enchaînent soirées sur soirées. En trois mois, c'est pas possible qu'il n'ait rien fait. Rien que d'y penser, ça me fait l'effet d'un nouveau couteau dans le dos. Et pourtant, j'vous assure que je pèse le pour et le contre. **MOI, JE SUIS POUR...** Je m'dis que quitte à être avec quelqu'un et souffrir, autant que ce soit avec lui. Parce qu'au moins j'aurai été jusqu'au bout avec lui. Et puis je repense à eux... Si je me remets avec Maxence et que ça ne marche pas, mais qu'est-ce que je vais prendre ! OMG ! Mes sœurs vont m'insulter. Mes copines vont me tuer ! Non mais la prise de tête, là ! Sérieux. Je m'fais mon procès toute seule, juge et partie.

« J'veux m'remettre avec toi, bébé », me lance-t-il avec un bouquet de fleurs.

Lui au moins, il a tranché !

« J'sais pas trop... En trois mois, on a eu le temps de r'commencer une nouvelle vie... » Laissant ma phrase en suspens, je tente de reprendre contenance en saisissant son bouquet. Je le remercie ; ça me touche. Mais je ne peux m'empêcher de me dire que ça va encore me faire du mal… alors ses fleurs… ce sont les fleurs du mal… je ne devrais pas…

Je me lève et lui propose un p'tit tour en ville pour faire redescendre la tension. Le silence est trop lourd. Un peu de légèreté va nous faire du bien… Enfin, je crois. On se balade comme avant. On croise nos fans ! C'est un truc de ouf comme ils nous sont fidèles, adorables ! Ils nous adressent des sourires. Des regards interrogateurs aussi. Normal, y a de quoi, ils savent qu'on est séparés mais là, il est plutôt proche… très proche, même. Il me traite comme sa p'tite femme en me couvrant de gestes tendres. Forcément, d'un point de vue extérieur, y a de quoi se méprendre. De l'intérieur aussi… Au secours, je suis perdue ! Je me sens prise entre deux feux… Je sens que je me damnerais pour être avec lui, essayer encore une fois. **JE SUIS DINGUE. COMPLÈTEMENT MARTEAU.** Oh, pauvre de moi ! Mais je me dis aussi que j'peux pas leur faire ça… Je suis en boucle… je rumine, je fulmine ! Je suis trop fière et trop heureuse, là ! Vous n'imaginez pas ce que ça représente pour moi ! Après tout ce temps passé et tout c'qui s'est passé entre nous, il montre qu'il m'aime encore, que je compte pour lui. Et **QU'ON NE ME REMPLACE PAS COMME ÇA** ! J'ai toujours attendu ça, qu'il me montre à son côté aux yeux du monde entier. Rien ne comptait plus pour moi que d'être affichée à son bras, bague au doigt... Mais la petite voix au fond de moi choisit la voie de la raison. Je sais que c'est mieux comme ça mais je n'arrive pas à m'y faire. Pourtant, au moment de partir, je m'entends lui dire : « Je vais réfléchir... »

Non, dites-moi que c'est pas moi qui ai dit ça !

Je sais que je ne vais pas pouvoir. Je vais le lui dire direct en rentrant. Je ne peux pas le faire attendre. Mais je ne pouvais pas lui dire comme ça au fond des yeux. Trop douloureux. C'est la dernière personne que je veux voir souffrir. Pas lui. Pas possible.

Je ne sais s'il le sent, mais on tombe dans les bras l'un de l'autre en pleurs. L'heure n'est plus au leurre.

Quand on se quitte, je rentre avec la dose de doutes. Perdue. Mais je n'ai pas perdu le sens des réalités. Une fois chez moi, je monte direct m'enfermer dans ma chambre. Je prie pour ne croiser personne. Pas envie de parler. Ils lisent tous en moi comme dans un livre ouvert alors j'aurais du mal à me cacher, et encore plus à mentir. Et puis pas du tout envie de me faire pourrir !

Sur mon lit, en sanglots, je lui écris :

J'ai été trop heureuse de te revoir. Mais on ne peut pas réécrire notre histoire. Trop compliqué. On a grave souffert. Laissons faire le temps. Si on doit se retrouver, on se retrouvera. Prends soin de toi.

Les larmes tracent encore leur sillage sur mon visage. Encore et encore. Elles redoublent quand il me répond qu'il respecte ma décision. Que j'ai peut-être raison, qu'il faut qu'on trace nos chemins, fasse notre vie... Et puis il me dit des mots plus forts que jamais. Des mots que même pas en rêve vous croiriez possibles. Mais aussi qu'il veut changer pour moi, pour nous. Le même disque repasse. Je ne m'en lasse pas. En fait, je me surprends grave à penser que... s'il change vraiment, on pourrait être tellement heureux tous les deux. Comme avant... Si seulement. Je suis ouf, je sais !

Bon, je sais qu'il faut que je redescende... je remets un pied dans la réalité en le posant par terre. J'essuie mes larmes devant le miroir et compose le numéro de Chou. Je lui raconte tout. Sans filtre.

ELLE EST SI CHOU, MA CHOU.

« Oh, chou, j'comprends tout, qu'tu sois dans le flou, perdue. Et que t'aies envie d'y croire aussi. Mais fais attention. Tu allais tellement mieux ces derniers temps sans lui. Penses-y. Tu mérites le meilleur. »

Elle a trop raison… je prends mon bouquet et descends faire une apparition. Histoire de prendre la température, voir ce que mes sœurs en pensent. Elles sont toujours d'une grande aide pour moi. Mes phares dans la nuit.

Je croise maman en bas des escaliers, prise en flag, bouquet en main.

« C'est de qui, c'bouquet ?

– Ben à ton avis ?

– Attention, il va te sortir les grandes phrases et tout et tout… »

Oh là là… mais c'est bon ! C'est exactement ce que j'voulais pas entendre. Les sermons, mais non merci. C'est d'un relou ! Pfff… mais paraît qu'c'est pour mon bien… Alors j'allais être servie, **« POUR MON BIEN »**.

Marine, qui a entendu, descend et me lance direct : « T'as pas intérêt à te remettre avec lui ! Viens. »

Et voilà, réunion au sommet…

Maé entend l'effervescence de nos voix et rapplique. Elle nous fait signe de la suivre dans son antre ! Quand j'entre, je sais que tout ce qu'elles s'apprêtent à me dire, avec leur franc-parler, c'est pour moi, ben oui, pour mon bien, quoi ;). Alors, je leur dis tout.

Maé est aussi ferme que Marine. Elles sont trop sur la même longueur d'onde, ces deux-là. Je les comprends. À leur place, je me serais dit la même chose… et à elles aussi. Pas question qu'on touche à un seul de leurs cheveux. On se comprend.

Maé a vécu une histoire qui ressemble à la mienne et qui s'est aussi finie il y a peu. Elle me montre l'exemple, car elle va trop bien depuis. Même si au début elle est passée par toutes les couleurs. Aujourd'hui, elle est super épanouie. Elle a un temps d'avance, alors je me dis que moi aussi, un jour, j'irai mieux.

Marine aussi a eu le cœur en miettes. Et aujourd'hui, elle assure grave !

CETTE ÉPREUVE NOUS RAPPROCHE COMME JAMAIS. Nos liens de cœur se tissent encore plus serrés.

Alors je me fais une raison, entre pleurs, espoirs et désespoir… Ce soir-là quand je regagne ma chambre, je suis vidée. Je ne lui écrirai pas. Pas la force. Avant de tirer les rideaux de mes paupières boursoufflées, je regarde son dernier message ; il est interminable… comme ma peine. Mais on se redit toujours les mêmes choses. À quoi bon ?

C'EST PLUS LA PEINE.

Ce bas, je l'ai pris comme un apprentissage. J'ai compris que je devais aller jusqu'au bout, savoir ce que je ressentais pour tourner définitivement la page.

DESCENTE AUX ENFERS… EN EUROSTAR

Flash-back septembre 2017
De retour de Londres

« J'avais des hauts
J'avais des bas
Je crois que j'en voulais trop
J'ai même eu ce que je n'voulais pas. »
Stephan Eicher, « Des hauts, des bas »

Celui-là aussi, je vous l'ai caché sur les réseaux… parce que les bas, c'est pas mon fort, LOL. Alors, je vous fais le retour d'Angleterre version « bas », la vérité, quoi.

Bon, bah… j'ai continué à sortir, à rire, à voir mes cops… Mais comme vous le savez, je ne suis pas du genre à me voiler la face. Alors, certes, j'ai mis l'accent sur les sourires plus que sur les bleus au cœur… Mais j'ai fini par vous ouvrir les portes des coulisses, sans fard. Alors, je fais pareil aujourd'hui.

On ne va pas se mentir. Aussi bien que je me sente à ce moment-là, durant ma « libération ». Je ne vais pas vous dire que j'ai effacé son nom comme s'il était écrit à la craie sur l'ardoise de mon cœur. Parce que je l'avais gravé… pour l'éternité. Son empreinte ravive son étreinte

dans mon cœur… Vous savez, ça le fait ces jours où on a le vague à l'âme. Ben oui, derrière mon sourire, il y a des larmes déguisées.
Alors, même si je revis, sors, ris et voyage, j'ai mes p'tits coups de cafard… Mais vous l'avez compris, pas besoin de vous faire un dessin, hein ? On n'oublie pas quelqu'un qu'on a aimé à ce point comme ça d'un coup de baguette magique. Ni même d'un claquement de doigts. Vouloir ne suffit pas. Ordonner à son cœur : « Aime » ou « N'aime pas ! », ça ne marche pas. J'ai essayé pour vous. Le temps fait son œuvre. Alors j'en ai pris mon parti, et j'ai dit ***« GAME OVER »***, moi aussi… je m'en remets à Dieu. Dieu est grand… je vous le dis tout le temps. Normal, je le pense vraiment. Inch'Allah !

Le blues a joué ses premières notes à notre retour de Londres. Oh là là là là. ***LA CATA !*** Rien que d'y penser je pourrais… Stop !
Mon look de mogwaï, nos mésaventures, nos prises de tête avec Chou… tout ça mis bout à bout, eh bien ça a fini par tirer sur la corde… du mal-être ! Forcément. D'autant qu'avec Charlène on a fait n'importe quoi, on mangeait à pas d'heure, surtout tout ce qu'il ne faut pas. Enfin, quand ça ne va pas. Parce que quand tout va, le corps s'équilibre ! Mais là, j'ai abusé : malbouffe, nuits sans sommeil ou alors beaucoup trop courtes – donc c'est pareil –, un

peu d'alcool… L'addition est salée et je sais que je vais le payer sur plusieurs jours. Alors avec ma nouvelle coiffure, là, j'vous raconte pas, c'est la cerise sur ce gâteau… **IMMONDE** ! Le mal-être est à son comble ! J'ai envie de décéder, comme diraient certains.
Bon, je vous entends déjà… me dire, pour me consoler, qu'on a toutes tendance à faire ça quand ça va mal. J'veux dire à plonger dans la spirale infernale… à faire tout ce qui est mal et nous rend encore plus mal. Ça vous fait ça à vous aussi, pas vrai ? C'est comme si le diable et votre ange gardien se livraient un duel… Et là, le diable a de l'avance. Va falloir que mon ange gardien se remue ! Mais pour l'heure, le bras de fer est un enfer !

Je me sentais mal parce que je n'aimais pas le reflet que me renvoyait mon miroir… Les sorties, oui. Mais les petits cocktails, les plats à tout va à n'importe quelle heure, non ! C'est souvent quand l'ennui pointe son museau que je sens mon mal-être ! Là, c'est la goutte de trop. Mon mal-être me saute aux yeux.
Si j'avais dû demander : « Ô miroir, mon beau miroir, dis-moi qui est la plus belle… », là, pour sûr, il m'aurait vexée ! En fait, c'est comme dans la vie, le miroir ne vous renvoie que ce que vous ressentez au fond de vous. Et comme moi, là, je ne peux pas me voir en peinture… imaginez le

tableau ! Eh bien, je lui jetais un regard noir avant de me détourner rapidement.
J'ai pas trop assuré... j'ai un peu compensé par la nourriture. Comme j'avais déjà dépassé les bornes, tant qu'à faire... autant se faire plaisir, non ? Bon, j'ai un peu abusé et, du coup, **J'AI GRAVE LES BOULES**. Même si je me trouve belle, je ne me sens pas au top. Stop... je lève un peu le pied sur les excès.
Pourtant, ce n'est pas le pire. Le jour où je souffle mon jour plus vieux devait rimer avec jour le plus heureux... mais le destin souffle un bémol à ma mélodie du bonheur, des notes blanches s'immiscent entre les noires sur la partition... comme toujours, quoi !

FICTION OU RÉALITÉ ?

Flack-back septembre 2017

« Il faut avoir la gagne. »

La dream team

On en parle depuis des mois. Le jour J est là ! Je saute partout ! Je kiffe ma life à un point. Surtout dans ces moments-là. Vous n'avez pas oublié ? Je vous en avais parlé, de ce fameux rendez-vous avec le producteur. Vous savez, celui qui a craqué sur *Un amour de jeunesse* et qui veut en faire une série ! Oui, oui !

Max et moi, on est excités comme des puces ! La peur au ventre, mais pas que... parce qu'entre nous c'est fini, mais le doute parfois revient.
Quand on a connu la date de notre rendez-vous, on s'est dit que, tant qu'à faire, autant nous rendre sur place la veille ! Le charme du rendez-vous opère dès qu'on se retrouve dans la chambre d'hôtel. Un lit pour deux. C'est un choix. On va pas s'mentir, on surfe sur la belle énergie de cette série. On y pense depuis des mois. OMG, comme on a trop de chance !
Merci, c'est grâce à vous.

Max est tout sourire, tout attentionné. Je sens grave qu'il est love de moi. Ça crève les yeux. Ça change des fois où ça crevait le cœur... J'vois bien que chaque fois qu'on s'revoit, ça lui fait un truc. Ça, ça ne trompe pas...

Moi, j'vais pas vous dire que je suis insensible. Il me fait toujours de l'effet. Je suis d'une telle bonne humeur ! Je prends tout comme ça vient. Ça fait un p'tit temps qu'on ne se voit pas vraiment, qu'on échange juste comme ça, sans rentrer en profondeur. Alors là, on se redécouvre un peu... **MAIS UN PEU... AMOUREUX**. Le présent est un cadeau. Quand on se retrouve côte à côte sur ce grand lit blanc, que nos doigts s'entrelacent, nos mains s'attardent çà et là sur nos corps, je sens qu'on s'aime encore. Je cède à la tentation. Pourtant, je m'étais promis de ne pas succomber. Oh là là ! Mais c'est plus fort que nous.

La nuit est nôtre. Nous faisons à nouveau un. Sans penser au lendemain. C'est différent. Mon cœur a mis l'armure de protection. Après ce moment de perdition... lui, c'est sûr, se dit que c'est dans la poche. Si nous sommes redevenus si proches, ça veut forcément dire que je désire me remettre avec lui... parce que lui, il me dit qu'il m'aime, qu'il ne rêve que d'une chose : qu'on écrive la suite de notre histoire. Mais au happy end, moi, j'y crois pas. J'y crois plus. Plus avec lui.

On est là pour notre série. Mais ce soir-là, je me fais des

films. Et ça défile en mode speed dans ma tête. Je m'fais grave mon cinéma. Il a changé, mûri. Mais est-ce que ça suffit pour que ça marche ? Parce que après, une fois qu'on reprend, faire marche arrière, c'est galère et ça fait des bobos au cœur... L'horreur. Et puis, déjà six mois qu'on est séparés. Ça va être dur de réparer ce qui est cassé, hein ? Il faut laisser le temps au temps. Le temps fait son œuvre...

Mais Max, lui, est à fond... **IL ME PARLE D'AVENIR**... oui, oui, on parle bien du même mec ! Celui qui, avant, restait des journées entières enfermé dans son studio à écrire ses sons et passait ses soirées à jouer aux jeux vidéo, alors que j'étais à côté. Moi qui n'en pouvais tellement plus de passer à côté de ma life que je me réconfortais dans les bras d'une vie virtuelle en visitant les pays dans mon monde imaginaire...
Mais il ne s'arrête pas à des projets conjugués au futur. Non, non. Il parle d'un autre quotidien. Il m'assure qu'on va vraiment vivre cette fois, s'amuser, rigoler, sortir... Ah, sortir ! Mais avant, on ne pouvait pas faire un pas dans une soirée sans qu'éclate une crise de jalousie. Si j'avais le malheur de croiser le regard d'un mec par hasard, il me prenait la tête, persuadé que je le connaissais et que je lui faisais du rentre-dedans ! Enfin là, je sais... c'est l'hôpital qui se fout de la charité, je ne suis

pas mieux ! Je le reconnais ! Donc sortir pour revivre ça ? Non merci ! Rien que de repenser à l'enfer que j'ai traversé, si j'ai pu être tentée l'espace d'une seconde, je reprends mes esprits ! Plus envie de me sentir mal chaque fois qu'il mate des bimbos tellement refaites de partout qu'on dirait des « poupées zarbies », comme dirait Zazie. D'ailleurs, j'ai jamais compris comment elles pouvaient attirer son attention alors qu'elles sont **TOUT CE QUE JE NE SUIS PAS**. Comment il pouvait être intéressé ? Plus à l'opposé, tu meurs... Je détestais ça parce qu'il avait l'art de me prendre pour de la m*** jusqu'au bout.

Stop ! Je mets sur pause. Ressasser tout ça m'a refroidie. J'me dis que c'est pas possible qu'on s'remette ensemble. On va encore aller droit dans le mur, c'est sûr ! Alors quand il me dit : « Viens, mon bébé, on voyage ? », après avoir vécu le scénario du pire, je lui réponds : « C'est trop tard... »

Il s'agrippe à moi comme un chat qui a failli se rétamer et ne desserre plus ses griffes. Ses larmes roulent sur ses joues pour mourir dans mon cou. **ON S'ENDORT COMME ÇA. ON SE RÉVEILLE COMME ÇA. COLLÉS.**

Encore dans un demi-sommeil, le stress nous réveille en moins de deux. Le rendez-vous nous accapare et rafle toutes les autres pensées... Mais Max, lui, a toujours dans l'idée de se rapprocher. Sur le chemin, il raccourcit les distances quand je les prends. Sa main cherche la mienne qui l'évite. Je le laisse faire. Je ne veux pas lui faire de mal. Et encore moins un jour comme celui-là. Alors, je me laisse porter. Mais c'est sincère.

Dans le magnifique bureau du producteur, toutes nos peurs tombent comme un soufflé. Tout roule à la perfection pour nous deux. Le producteur nous raccompagne à la porte en nous assurant qu'il nous tiendra informés de la suite donnée. Je lui glisse que je pars vivre à Londres mais que dès que nous commencerons à tourner, je ferais des allers-retours ! Je vois Maxence se décomposer. Il ne pipe pas mot sur le pas de la porte. Mais une fois que celles de l'ascenseur se referment, il s'ouvre.

« Bébé, pour l'Angleterre, t'es pas sérieuse ?

– Ben si, pourquoi ?

– Alors j'pars avec toi. J'ai d'la famille à Manchester. C'est l'occasion de vivre ensemble. On n'a jamais pris d'appart tous les deux. Ça peut marcher. »

Pincez-moi, je rêve ! Ces mots-là, j'en ai rêvé tellement de fois que j'peux pas croire que là, ça n'me fait rien ! **RIEN DU TOUT !** Même pas un p'tit frisson. Est-ce que mon cœur est mort ?

Dans le train du retour, il poursuit sa cour. Il me montre

combien y a que moi qui compte pour lui, preuve à l'appui : un thème sur Snap… et ce que je vois en allant fouiller dans ses conversation coupe court à tout élan. Direct ! Si j'en avais eu un, ne serait-ce qu'un tout petit, là, **C'ÉTAIT FOUTU, KAPUT, K-O**. Je découvre qu'il est en conversation avec une dizaine de filles. Mon cauchemar est de retour ! À l'une il disait qu'elle était trop belle, à l'autre il donnait son 06, à une autre il demandait le sien, une autre encore il l'appelait « Mon p'tit chat ». Je sens le rouge me monter aux joues tellement je ne supporte pas quand il joue avec moi. Il me prend vraiment pour une c***. Blessée, je me lève en furie, quitte la banquette du train et lui dis : « Tu ne changeras jamais ! » en lui jetant son téléphone.

Il me retrouve dix minutes plus tard.

« Mais bébé, y a qu'toi qui comptes. Ça compte pas, tout ça. Un seul mot de toi et je supprime tout.

– C'est ça. Mais tu ne l'as jamais fait. C'est fini. Arrête. C'est plus la peine. J'ai compris. »

J'avais bien compris que c'était plus fort que lui. Que même s'il m'avait, je ne lui suffisais pas. Mon erreur ? Lui avoir trop montré que je l'aimais. Les filles, même si vous êtes raides dingues de votre mec, faites-vous violence s'il le faut mais faites-lui l'absence, le silence… il va crever de vouloir vous voir… ou même juste de vous entendre… C'est fou d'en arriver là, mais c'est comme ça. Si on ne veut pas faire partie des meubles, il faut changer la donne et donner moins.

« Tu trouveras jamais un mec qui t'aime autant que moi et qui fait tout pour toi. Tu ne te rends même pas compte de la chance que t'as d'être avec moi. Mes potes me font souvent la remarque que j'pourrais avoir les plus belles filles ! Des plus belles que toi. Mais non ! J'me prive parce que j'suis avec toi. T'es vraiment sûre que tu veux pas ? Parce que là, y a plein de filles qui tournent autour de moi. »

J'ME SENS ME FANER DE L'INTÉRIEUR QUAND IL ME DIT ÇA. Je l'ai tellement entendu… je me sens amochée par ses reproches. Mais ses menaces, ça ne prend plus.
Quand je le raccompagne, on reste un sacré moment à se parler encore. Mais c'est toujours le même disque rayé qui bugge sur les mêmes constats : **VOIE SANS ISSUE**.
Là-dessus, je lui murmure un : « Restons-en là. C'est mieux comme ça. »
On se serre dans nos bras.

Et voilà, encore dans le creux de la vague. Mais c'est pas possible ! Je suis prise dans le tourbillon des « pourquoi ». Pourquoi est-ce que je suis si faible ? Pourquoi

je replonge chaque fois alors que je sais que ça va finir comme ça ? Pourquoi, alors que **JE SAIS** que je vais ramer comme une damnée pour m'être abandonnée à lui ? Que **JE SAIS** qu'après avoir bu ses belles paroles, c'est la tasse de ses conneries trop salées que je vais devoir avaler ? Chaque fois, toute cette vie que je m'efforce de reconstruire sans lui s'effondre comme un château de cartes. La tornade Maxence dévaste tout sur son passage. Et moi, j'ai le cœur ravagé… je suis mal. Au secours, j'ai à nouveau le mal d'aimer… Et contre ça, y a pas de cachet !
Quand je passe la porte, je passe mon masque aussi. Pour ma famille, cette escapade à Paris ne sera qu'un tremplin réussi vers notre série. De notre écart, ils ne sauront rien… enfin, jusqu'au moment où ils liront ces quelques lignes. Mais mes sœurs ne sont pas nées de la dernière pluie… Quand elles m'ont demandé si on n'avait pris qu'une chambre et que je leur ai dit : « Oui, mais il ne s'est rien passé », elles n'ont rien dit tout haut. Mais j'ai pu lire dans leurs pensées comme elles entre les lignes.

Ce soir-là, une fois encore, je suis dans le bateau ivre de ma peine. Je tangue entre mes beaux souvenirs, et le désir d'effacer ceux qui en voilent la joie.
Je suis trop mal, mais ne le dis à personne… Et quand mon téléphone vibre, c'est mon mal qui se ravive. Max ne

lâche pas... et moi, je lui lâche un nouveau : « Si on doit se retrouver, on se retrouvera. »

Je ne réponds plus de rien... **À TROP VOULOIR JOUER, ON FINIT PAR SE MÉPRENDRE.** Un jour je respire mieux sans lui et le suivant j'étouffe sans...

Alors Inch'Allah car Dieu seul sait...

MON PREMIER ANNIV… SANS LUI

Flash-back 19 novembre 2017

« On voit des amours effrénées tomber comme un vent qui s'apaise ; celui-là même qui adorait tout à l'heure ne sait pas d'où vient l'indifférence qui a glacé son cœur. »

Henri Lacordaire

Bon, là aussi, je me cache… Oui, oui, je sais que quand je vous ai déroulé le scénario du film de mes vingt ans, c'était du Walt Disney ++. Du trois étoiles, oui… J'avais gommé les larmes. Mais on s'enflamme pas, je vous réinsère les séquences « off », là. Celles de ce que je me disais en moi… à moi.

J'AVAIS LE MAL D'ÊTRE… ou plutôt de ne pas être aussi avec lui.

Une première, ce premier anniversaire sans lui… Alors, sous mon maquillage, j'en mène pas large. J'déprime grave, mais aux yeux des autres, tout va bien…

Je ne vous ai pas menti. J'ai quelque peu arrangé la vérité. Pour ne pas vous inquiéter. Vous préserver. Vous me pardonnez ?

Malgré tout, c'était un anniversaire extraordinaire sous tous les aspects, pour de vrai.
Bon, je vous la refais de l'intérieur... d'acc ? On y va !

Le matin, dès que j'ouvre les yeux, j'ai le regard qui se porte sur... mon téléphone, forcément. Déjà que je suis connectée H24 avec Chou, Amaury et mes sœurs, alors aujourd'hui... plus que jamais ! Mais ce ne sont pas leurs noms que je guette sur l'écran. Ben nan ! Parce que eux, ÉVIDEMMENT qu'ils répondront présents today, c'est mon BIRTHDAY ! Du moment où je pose le pied par terre à celui où je le glisserai à nouveau sous la couette, je n'aurais que cette interrogation en tête : « Va-t-il m'appeler pour me souhaiter mon anniversaire ? »
Pour moi, il n'y a qu'une réponse possible : « Oui ! »
Ben oui. On a beau être en froid, on ne se fait pas la guerre. Et d'ailleurs, même pendant la guerre, ils faisaient la trêve le temps d'une veillée de Noël, non ? Alors... Bien sûr qu'il va penser à moi. Je ne vois même pas pourquoi j'ai des doutes. Impatiente, moi ? Mais pas du tout !
... ON NE SE REFAIT PAS !
Mais en même temps, si j'étais si sûre de moi, je ne me poserais même pas la question. Bon, OK, je ne vais pas faire mon procès car là, les faits sont contre moi...
JE PLAIDE COUPABLE !
Les sms sèment çà et là les notes personnelles... qui

composent le bouquet des fleurs de ma joie dès le matin. Reine du jour... je veux bien l'être toujours ! Ha, ha, ha !

Ce midi, Charlène m'emmène... au restaurant à sushis, notre QG rien qu'à nous ! On y va dès qu'on veut se faire une petite bouffe « toutes les deux ». Plaisir assuré... les plateaux défilent sous nos yeux plus grands que notre ventre. Tout nous fait envie. Mais on a nos préférences. On prend toujours les mêmes, parce qu'on les surkiffe grave : sashimis saumon, roll's ou California à l'avocat et au saumon... Plus de place pour un dessert... ça sera pour ce soir.
Il nous arrive à toutes les deux de faire des petites exceptions à la règle et d'ouvrir notre QG à d'autres de nos amis. Comme c'est le cas ce jour-là : Loïc, le chéri d'Amaury, est avec nous pendant qu'Amau travaille. Il sera bien sûr là ce soir ! Il fait partie d'ma p'tite famille de cœur.
Après la première célébration de ce jour particulier en petit comité, on se fait une petite virée en ville. Pour quoi faire ? Ben... du shopping ! Mais pas pour ce soir !
Bien sûr que j'avais déjà prévu le coup. Oui, j'avais un coup d'avance, comme on dit... Je l'ai repérée et commandée sur House of CB. C'est trop de la bombe, cette marque, et leurs robes sont de purs bijoux. C'est un supplice pour en choisir une sans regretter celle d'à côté.

Bon, de toute façon, je sais que ce n'est pas la dernière, alors...
Je passe la mienne. Couleur ? Bleu-gris. Coupe ? À la BB... « BB » ? Brigitte Bardot, ça va de soi ! C'est encore une référence en matière de beauté et elle avait trop « la » classe. Elle assurait grave ! Donc, une robe taillée à la Bardot, ça ressemble à quoi ? À une qui épouse les formes et marque la taille et... recouvre élégamment les jambes jusqu'aux genoux. Une encore dont les épaules nues sont drapées de deux larges bretelles tombantes ornées d'un petit nœud. Fan de mode, moi, pas du tout !
Quand je passe devant le miroir, ce n'est pas la robe qui m'interpelle, mais le désespoir qui habille mon regard. Alors, je souris. Pour reprendre contenance. Plus l'heure avance, moins j'ai de chance qu'il m'appelle ou me textote... Je me sens sotte. Je me vois faire. **MAIS Y A RIEN À FAIRE. J'Y CROIS ENCORE.** Je ne peux me résoudre à l'idée qu'il va me planter aujourd'hui. Pas lui ! Même si, pour l'heure, il en prend bien le chemin. Je surligne mon regard pour en chasser la tristesse, dessine ma bouche rouge carmin pour rehausser ma gaieté en vitesse !

Je descends avec un tel vide que j'voudrais mourir. Façon de parler. Mais quand même. Je comprends pas pourquoi je continue à vouloir qu'il fasse encore partie de ma vie alors qu'il semble me zapper comme d'autres changent de chaîne ! **MAIS TU VAS M'APPELER, OUI ?!**

Je me décide à descendre rejoindre ceux qui sont là... Je m'accroche à la rambarde. Alors que je m'attarde sur lui, eux, ils m'attendent. On s'croirait dans un film ! Vous savez, comme dans *Titanic* ! On imagine un ralenti... Lorsque Kate Winslet – Rose – descend les marches majestueuses avec grâce et classe dans sa robe noire, gantée, sous le regard déjà conquis de Leonardo DiCaprio – Jack. Pour eux, le temps s'arrête. Tout se fige alentour pour disparaître... **PLUS RIEN N'EXISTE QU'EUX**... que lui pour elle, elle pour lui... Ils sont seuls au monde, parce qu'ils s'aiment... Moi aussi, je veux être sa « elle », la personne la plus importante de son monde, ce soir, encore une fois... juste une dernière fois...

C'est HORRIBLE : tous leurs yeux sont rivés sur moi et moi, là, je ne rêve que des siens... Toutes celles du monde ne sauraient combler le vide abyssal dans lequel je me perds. **JE VOUDRAIS DISPARAÎTRE...** Mais eux, ils sont là, pour moi. Et rien que pour ça, je sais que je suis au meilleur endroit, je suis exactement là où je suis censée être. Leurs yeux à eux brillent d'amour. Je sens à quel point ils m'aiment. Ils m'envoient la dose d'amour. C'est énorme. **MERCI.** J'ai honte quand je vous le confie, mais... à cet instant-là, ça ne me suffit pas. J'aurais tout donné pour qu'il me serre fort dans ses bras, sentir son cœur battre plus fort que le mien, que je n'entende rien, plus rien d'autre que son amour battre pour moi. Juste un instant... le temps d'un battement de cœur, de cils...

L'effervescence avec laquelle le bouchon du magnum de Maeva explose me ramène parmi eux. Que la fête commence ! Leurs yeux pétillent d'amour, de joie... ils ne cessent de me dire combien ils me trouvent magnifique. Pourtant, s'ils savaient comme je me sens mal... trop, trop, trop mal. Bien sûr qu'ils n'y voient que du feu. Je cache bien mon jeu. Pas envie de leur gâcher leur joie alors qu'ils mettent tant de cœur à faire la mienne. Ils ne méritent pas ça. Ils sont si beaux ! J'adooore trop leurs yeux bridés par leur bonheur. Et le sourire radieux qu'ils ont pour deux. En surface, tout va bien. À l'intérieur, c'est le chaos... Une mer de souvenirs m'agite. Vite, vite, vite, une coupe, qu'on trinque à nous, à la famille, à l'amitié... À l'amour aussi. Mais à celui qui dure toujours. Mmm, un délice, c'est mon préféré, mais ça, Maeva le savait, merci ma Maé.

Ça y est, ouf... là, avec mes amours : Maé, Marine, Loïc, Amau et Chou, mes tourments me laissent un moment de répit. Je ne pense plus à lui. Un truc de ouf comme l'amour panse les plaies même les plus profondes. Son amour à lui... STOP ! STOP ! STOP ! Mais ça suffit, oui ?!

MES PENSÉES ME RENDENT FOLLE !

Portée par la présence rayonnante de mes proches, je décroche enfin de mon téléphone. Ça présage une soirée sans nuages ! Ouf !

On rejoint notre petit groupe de potes au resto sur les quais. Je ne sais pas vous, mais moi, le bord de l'eau, ça me fait toujours un effet... Je me crois grave en vacances. Les lumières allument des étoiles dans le ciel de l'eau ; ça brille, c'est si beau... C'est un peu l'été en hiver. Je ne me lasse pas des cadeaux de la nature, de la vie ! J'ai trop de chance. Merci !

Tous réunis, cela nous fait un total de quinze ! Une belle somme de personnalités pour **UNE MÉGA DOSE DE JOIE** !

Du coup, la petite voix démoniaque qui me murmure tout bas : « Il n'est pas là », je ne l'entends même pas... ha, ha, ha ! Cette joyeuse cacophonie étouffe son timbre ! Et c'est tant mieux pour moi ! Parfait, quoi !

Au menu : rires, moules, frites... et champagne ! On a grave la patate. Et ce n'est que le début de soirée ! J'adore ces tablées. Et encore plus quand on en fait le tour en passant des sourires aux éclats de rire... La joie, j'en ai été

bercée depuis ma plus tendre enfance. Merci papa, merci maman… et merci Maé et Marine.
Je souffle mes vingt ans sur la bougie hissée au sommet d'un bébé muffin… au chocolat, ça va de soi ! Ha, ha ! Et, tradition oblige, je ferme les yeux comme une môme de cinq ans et je pense fort, fort, fort à mon vœu… J'ouvre tous mes cadeaux, tous si spéciaux. Déjà la veille avec mon pap's, mam's et mes sœurs, c'était comme Noël avant l'heure. Ils avaient glissé sur la table, à côté de mon gâteau au chocolat, une bague signée Gucci, un carré Hermès, une jolie boîte où ils ont collectionné tous les mots que j'dis (« J'adooooore », « C'est une blague ? », « Sérieux ? », « Je saute partout »…). Ah, et aussi un cerveau… en tirelire ! Oui, oui, mes sœurs ont de l'humour ! Comme ça, au moins, j'en ai deux et j'ai bien toute ma tête ! J'aime quand et comment elles me taquinent. Qui aime bien châtie bien, comme dit si bien le proverbe. Mes amis m'ont pourrie gâtée : une enceinte, des vêtements, des soins… et la cerise sur le gâteau : un rêve à réaliser planqué dans une enveloppe cachetée. Charlène et Amaury me la tendent, un sourire malicieux flanqué aux lèvres avant de se lancer un regard complice. S'ils croient que je ne les ai pas captés, les deux, là ! Je les connais trop ! Vous imaginez bien que, trop curieuse, je n'ai pas pu attendre une seconde de plus ! J'ai donc déchiré l'enveloppe et là, entre mes mains

tremblantes d'émotion et à travers mes yeux troubles, j'ai lu :

« On espère que ta valise est prête car
dans cinq jours
on embarque tous les trois là où les dauphins
n'attendent que toi pour nager ! »

Mes yeux pleurent tout seuls. Je saute partout quand même. Faut pas déc*** ! Mes sœurs pleurent aussi, tellement heureuses de ce que je vis. Après une session de câlins et d'échange de petits mouchoirs, on se repoudre le nez ! Ben oui, pour aller danser jusqu'au bout de la nuit ! J'adore danser en boîte ! Surtout que j'ai trop de chance d'être entourée de tous ceux que j'aime. Je me sens si bien avec eux. À minuit, tout le monde se jette sur moi, effusion de joie ! Tous chantent en chœur :

Happy birthday to you
Happy birthday to you
Happy birthday to you, Margot…

Même la chanson de Marilyn Monroe pour Kennedy aurait fait pâle figure à côté… MDR ! Je plaisante, mais je suis trop heureuse ! Même Loïc et Amau, qui sont pas du tout

fans des sorties en boîte, ont fait l'effort pour moi ! Si c'est pas de l'amitié, ça ? Trop beau comme cadeau... leur présence. Sans eux, ça n'aurait pas été pareil, forcément ! On danse, on rit, on trinque... C'est la dose de joie, d'amour. Le tableau est presque parfait. Nos pas battent le rythme sur le dancefloor, nos corps s'emballent sur « La Salsa du démon », se rapprochent sur des slows langoureux... Mais, ça y est, voilà qu'il rapplique...
Qui ça ?!
Mais le blues ! Ah ben il est relou, celui-là, quand il s'y met ! Impossible de s'en débarrasser une bonne fois pour toutes... Ben non, là, ce soir, j'ai droit à toutes les émotions ! Et là, il manque la touche finale. Et comme l'heure passe, les chances de l'entendre ou de le lire s'amenuisent ! **JE NE VAIS QUAND MÊME PAS L'APPELER MOI-MÊME ?** J'suis tellement mal que j'avoue que je me pose la question. Mais j'ai trop les nerfs, on s'prendrait la tête direct. Pas la peine !
Alors, pour ne pas jouer les trouble-fêtes, je m'éloigne un peu, ferme les yeux avant de les rouvrir sur mon écran lumineux. Mais là, c'est mon dernier espoir qui s'éteint. Pu***, mais c'est pas possible... pincez-moi, je rêve... non, je suis en plein cauchemar. J'ai la tonne de messages d'amour, mais pas LE sms, LE son de LA voix... SA voix. Il me les a déjà toutes faites... alors je pensais que... mais non, je pensais quoi au juste ?

LES GENS NE CHANGENT PAS…

On vous l'a dit à vous aussi ? Ben oui. Ça ne suffit jamais. Pourquoi, hein, je vous le demande, moi, pourquoi on doit toujours éprouver dans sa chair ce que nos proches ont payé si cher ? Pour comprendre… parce qu'il faut le voir pour le croire ? Ah ben là, je suis servie… j'ai bien compris !
Bien sûr qu'à l'heure du bilan de mon jour plus vieux, la balance penche du côté des souvenirs heureux. Mais je vous jure qu'avant de me coucher j'étais en mode :
« Ceux qui étaient là ce soir, en pensées ou en personne, sont les vrais amis, les personnes qui m'accompagneront toute ma vie. La famille, les amis, y a que ça de vrai… »
JE SUIS RICHE D'EUX, RICHE DE VOUS. MERCI.

Je sais que mes parents, mes sœurs et ma famille de cœur – Charlène, Amau… – seront toujours là pour moi. Toujours. Comme je le serai pour eux.
Mais là… j'aurais tellement aimé qu'il soit là d'une manière ou d'une autre… d'une manière plus que d'une autre, d'ailleurs. **TOUT, MAIS PAS L'INDIFFÉRENCE.**
Après tout ce qu'il m'a fait, il ne me fait même pas une fleur, celle d'une pensée. Moi, je l'ai pardonné. Je le lui ai souhaité… J'ai honte mais oui, quand je me suis refusée

à Morphée ce soir-là, j'ai pensé très fort et de tout mon être : « C'est une pourriture jusqu'au bout... »
Pourquoi être aussi méchant après l'avoir été autant de fois avant ? Cette question me revient en boomerang parce que je n'ai jamais la réponse. Je me suis fait cent fois les dialogues, tous les scénarios... j'en ai pas dormi de la nuit. C'est bon, j'ai eu ma dose, j'ai fait une overdose de tes conneries. Tu trouves que j'ai pas été assez en manque de toi, c'est ça ? Et pourtant, combien de fois j'ai cru crever derrière mon écran en zoomant sur tes mains qui s'attardent sur un autre corps que le mien... OVER !
Parce que cette fois j'ai le mode d'emploi, **JE DIS NEXT**, et me concentre sur l'essentiel, les bonheurs petits comme grands qui peuplent ma vie.

Vous voyez, c'est comme ça, si on n'est pas clair avec soi, la vie nous teste sans cesse. Elle nous ressert le même plat tant qu'on ne lui dit pas clairement : non merci.
Si on picore encore un peu, on lui dit qu'on ne sait pas trop, qu'on hésite. Mais ça ne marchera pas. Pour avancer, il faut trancher. Avec fermeté.
J'ai voulu me reconstruire, et ces épisodes prouvent qu'au fond de moi je restais persuadée que ma vie ne valait la peine d'être vécue qu'auprès de lui... Jusqu'à ce jour où j'ai compris, en les mettant bout à bout, que j'étais arrivée au

bout... de nous. Parce que ce jour-là je me suis rencontrée. Je n'aurais jamais pu le faire sans ces rebondissements. Ben non, ils avaient leur rôle à jouer. Ils m'ont aidée à rassembler tous les fragments de la p'tite Margot. Et je n'aurais jamais pu me trouver non plus sans **ELLE**... ni sans **EUX**...

- 5 -

MES RÊVES EN MARCHE

LA FOLLE AVENTURE DE L'ÉCRITURE CONTINUE

En toute intimité 2017

« L'écriture n'est rien de plus qu'un rêve guidé. »

Jorge Luis Borges

JE KIFFE MA LIFE GRÂCE À VOUS ! MERCI, MERCI, MERCI ! En fait, mes fées, ce sont vous tous qui me lisez. Grave ! Grâce à vous, ma merveilleuse aventure de l'écriture s'écrit au présent et se conjugue au futur ! Je ne pouvais pas rêver mieux ! Je reviens dans les coulisses de certains grands événements que vous avez suivis de loin, pour vous en apporter les détails. Je vous révèle la suite, aussi.

Après *Un amour de jeunesse* et *One Love*, c'est *En toute intimité* qui a vu le jour. Pour vous remercier, je tenais à vous embarquer dans les coulisses de sa naissance.
VOUS ET MOI, C'EST UNE HISTOIRE D'AMOUR DE OUF ! On ne se quitte plus, pour mon plus grand bonheur ! On échange beaucoup sur les réseaux, oui, mais pas seulement ! Vous

me gâtez avec vos lettres, véritables témoignages de tout votre amour et de votre confiance.
À force de vous lire, j'ai tenu à vous dire merci à ma manière... et comme je suis bien la fille de mon père, comme on dit, je vous l'ai montré par les gestes.
En toute intimité, je l'ai pensé au fil de mes lectures... de vos vies. Elsa Lafon m'a guidée. Et comme toujours, elle m'a fait confiance. **JE L'AIME TROP !**
Grâce à elle, j'ai opté pour quinze thèmes et quinze lettres qui reflétaient vos grandes interrogations auxquelles j'ai voulu apporter ma contribution. Un merci comme un baiser déposé sur les blessures de la vie. Avec mon livre, j'étais de toutes les aventures, les vôtres, cette fois.
C'est avec l'expertise d'Anna Topaloff que j'ai réalisé ce livre. Elle connaissait les sujets et, ensemble, nous avons su en parler pour vous accompagner.
ÇA COMPTE TELLEMENT POUR MOI, D'ÊTRE LÀ POUR VOUS, À MON TOUR.

Je vivais encore une des plus belles aventures de ma vie pour la troisième fois. Un livre, c'est des pensées, de l'écriture, mais aussi des photos !

Pour la couverture, j'avais une idée précise de ce que je voulais. Vous m'avez ouvert la porte de votre intimité, j'ai fait de même, ce sont mes sœurs qui posent avec moi...

sur la couverture. **C'ÉTAIT AUSSI MON CLIN D'ŒIL POUR VOUS REMERCIER DE ME CONSIDÉRER COMME VOTRE GRANDE SŒUR À VOUS.** Je vous porte dans mon cœur parce que ce rôle, je l'ai carrément pris très à cœur. **QUEL HONNEUR !**

Aujourd'hui, c'est moi qui vous confie les ratures, les coups durs, les blessures… parce qu'on est dans le même bateau de la vie, vous et moi. Et on se serre les coudes ! Ça l'fait trop !

Cette couverture, vous voyez, on l'a réalisée dans les meilleures conditions. Pourtant, le rendu n'est pas aussi… éclatant que dans mes pensées.

Descendues dans l'écrin du luxueux hôtel Vice-Versa… le cadre déjà se posait là ! Vous parlez des sept péchés capitaux ? Une nuit – ou sept – dans cet endroit, c'est exactement ce qu'il vous faut ! Selon votre humeur, votre caractère, votre envie du moment, laissez-vous tenter : gourmandise, avarice, colère, orgueil, luxure, envie, paresse… chut, c'était l'kif en grandes pompes, je le confesse.

On nous a traitées en véritables princesses. Petits pyjamas, cadeaux de bienvenue… mmm, et avec nous les rires étaient de tous les instants. Nous avions un des meilleurs photographes. Un pote. Si je garde en mémoire un moment privilégié dans un lieu de toute beauté, il faut que je vous l'avoue, j'ai un petit goût de déception. Ce rendu, c'est plus fade que ce que nous sommes. Presque superflu. C'est comme si on nous avait demandé de rire en sourdine alors qu'on sait qu'on rit à gorge déployée ! Toute sincérité dehors ! Peut-être que l'ambiance était trop amicale et que notre pote Félix l'a joué plus cool que pro ce jour-là. Dommage, je pensais qu'allier amitié et professionnalisme, ça l'faisait chaque fois. Ben apparemment pas toujours. Y a plus grave dans la vie. Mais la prochaine fois, je me souviendrai de peser le pour et le contre au préalable.

Et après les entretiens, l'écriture, la relecture, les dernières corrections, la séance photo, arrive l'étape de la signature du bon à tirer, qui sonne l'envoi de mon livre chez l'imprimeur... Voilà que **MON NOUVEAU BÉBÉ, EN TOUTE INTIMITÉ, EST NÉ**... grâce notamment à Elsa et Michel Lafon, qui ont cru en moi ! Ma maison d'édition chérie, mère de mes trois bébés et de ce quatrième. Et j'espère de nombreux autres. J'aime les familles nombreuses !

Le jour de la sortie, je saute partout... mais je n'en mène pas large. J'ai la boule au ventre ! Quoi ? Ben ouais. Maxence m'a tellement rabâché que c'était grâce à lui si j'en étais là que j'avais peur que mon livre ne vous plaise pas… **SÉRIEUX ?** Mais ça, je me suis bien gardé de le dire à qui que ce soit. L'idée de déranger m'était grave insupportable… Alors j'ai pris sur moi…

LES PLATEAUX TÉLÉ : LE PIED !

FRANCE 5, « C À VOUS »

Après une « petite » promo vidéo sur les réseaux, j'étais dans les starting-blocks à fond... Je n'avais qu'une hâte, vous rencontrer... Mais avant le face-à-face, nous avions rendez-vous à travers le petit écran pour ma plus grande joie !

CAMILLE EST UNE PERLE. C'est mon attachée de presse. Elle a assuré grave ! C'est grâce à elle que je suis invitée sur les plateaux télé et que mon rêve devient réalité !
Pour **« C À VOUS »**, elle m'a mis la pression un truc de malade ! Mais je sais que c'est pour que je sois à la hauteur ! J'ai donc mis un point d'honneur à ne pas la décevoir ! Fallait me voir... J'y allais dans mes petits souliers.
« Bon, là, tu rentres sur un vrai plateau, avec des gens qui font de la télé depuis plus de quarante ans... C'est regardé par plus d'un million de personnes. »
Merci Camille ! Bon bah, quand on est dans la danse, on danse. Pas l'choix. J'y suis allée avec ce que je suis. Quoi d'autre ? Mais direct, je me suis sentie à l'aise. Déjà le

ton était donné : dans la loge, un petit panier cadeau de bienvenue m'attend – un cocktail de bien-être, bougie, soin du visage et douceurs. Ensuite, je passe entre les mains expertes de la maquilleuse qui sublime le naturel. J'adooore trop. Juste ce qu'il faut pour me donner confiance, ou du moins un peu de contenance ! Car là, **JE N'EN MÈNE PAS LARGE**.

Mais une fois sous le feu des projecteurs, adieu les peurs. Ils ont tous été adorables avec moi. Je me suis sentie grave à ma place ! Anne-Élisabeth Lemoine est top, d'une douceur et d'un professionnalisme impressionnants !

Et j'en crois pas mes yeux, ni mes oreilles d'ailleurs : l'invitée qui vient chanter en live ce jour-là, c'est Julia Michaels… Je la surkiffe, cette fille ! Elle est trop belle, elle chante trop bien… sacré cadeau de la vie de me retrouver face à elle ! Hasard ou coïncidence ? Je ne sais pas. Mais de la chance grave ! Un petit selfie et je bredouille quelques mots… bref, on se comprend : « L'émission, c'était top ! » pour toutes les deux !

Et Camille qui me glisse, sourire aux lèvres : « J't'ai mis la pression pour qu'une fois sur place tu te sentes à l'aise ! » Elle avait tout compris !

J'ai tellement aimé les gens là-bas que j'y retournerais bien pour mes prochains livres !!!

NRJ 12, « LE MAG »

J'étais tout excitée à l'idée de passer sur le plateau d'NRJ 12, mais… j'ai déchanté direct ! Les invités présents étaient issus de la télé-réalité, sympas. Mais on m'a collé l'étiquette de psy de l'amour, et on attendait de moi des réponses d'experte que je ne suis pas. J'étais juste venue pour donner mon point de vue sur la question !
Je me suis sentie piégée comme si on cherchait à me faire perdre contenance. Mais je sais que ça n'était pas leur intention. Alors, je me suis ressaisie. Je ne sais pas être autre chose que ce que je suis, alors j'ai juste été moi ! Et j'ai appris !

C8, « VOYAGE AU BOUT DE LA NUIT »

L'aventure continue avec « Voyage au bout de la nuit »… Camille à mon côté, on a rigolé et tout s'est passé à merveille. Normal, Lionel, le présentateur était top ! On a gardé contact et on se donne des news ! **TROP CONTENTE !**

M6, « 12.45 », « 19.45 »

Les pro ! Ils ont tellement fait tout comme il faut, là, dans le petit jardin hypra cocooning de Michel Lafon, que cette émission, je l'ai faite comme à la maison ! J'étais trop bien. À l'aise comme jamais. À tel point que je ne me suis même pas reconnue ! Et Michel Lafon en personne m'a fait un cadeau inestimable en adressant un message personnel pour moi devant la caméra. Ses mots résonnent encore dans l'enceinte de ma mémoire :

« Margot est notre auteure la plus fidèle. Nous espérons la compter encore longtemps parmi nous. »

Mais quelle aventure, je vous dis ! Je me sens comme dans un conte de fées, sauf que c'est ma réalité… et là, je remercie Dieu d'avoir écrit ce destin pour moi. Surtout que **L'AVENTURE CONTINUE**… !

MON AGENDA POUR VOS RENDEZ-VOUS !

2017

Je marche au coup de cœur en tout ! **J'AI BESOIN DE TOMBER IN LOVE, MOI,** de mes amis, de mes fringues, de mes livres, de mes films, de mes chansons... Tout est une histoire d'amour entre moi et ce que je vis !
Alors pour notre agenda... Bah oui, ça a été **LE COUP DE FOUDRE...** Carrément ! Instantanément ! Dès que je l'ai vu dans les rayons de la FNAC... je l'ai surkiffé direct ! Alors, quand je l'ai ouvert et ai découvert les pépites qu'ils renfermaient, ça n'a fait qu'un tour dans ma tête : je voulais le mien pour vous... pour que chaque jour soit votre fête ! Et que vous ayez comme moi l'envie d'avoir des rendez-vous juste pour le plaisir d'y écrire et de lire les petites surprises qu'on y avait glissées dedans !

Alors, comme toujours, j'en ai parlé à Elsa, qui m'a donné carte blanche avec sa confiance. Il fallait désormais monter l'équipe qui m'entourerait sur ce nouveau projet. Elsa m'a présenté Delphine, qui arrivait, elle aussi, confiante et motivée. Emballée par l'idée, elle a pris la tête du projet avec brio ! Et pour mon duo, elle m'a présenté Stella. Et là, une vraie rencontre. De celles qui marquent votre vie. Je vous l'ai déjà dit dans mon agenda et sur les réseaux sociaux. **STELLA EST MA PLUS BELLE RENCONTRE 2017.** On s'est comprises à la minute où on s'est parlé. Elle comprenait tout à demi-mot.

Notre trio composé, on s'est lancés dans cette magnifique aventure ! On a pensé, concocté, déniché ce qui vous ferait vibrer autant que moi : citations, livres, chansons, recettes, conseils, interrogations, coups de cœur. Et nous avons écrit en chœur...

J'AI SURKIFFÉ CHAQUE MOMENT. Notre premier rendez-vous toutes les trois où nous avions toutes une idée à la seconde... Delphine avait en tête le canevas ; elle cadrait d'une main de maître pour donner forme à nos idées ! On a toutes les trois jeté notre dévolu sur l'illustratrice dont les dessins nous avaient grave conquises !

Un pur délice que de réaliser cet agenda. Stella et moi, nous nous donnions rendez-vous dans un petit café cosy... Toujours à l'étage, à l'abri des oreilles indiscrètes. Mais aussi là où la cheminée et les fauteuils en cuir nous enfonçaient encore plus dans le confort de notre joie d'écrire cet agenda pour vous ! Nous avons ri et pleuré... moments caméléons à la couleur de nos émotions... chaque petite histoire a tissé serrés les liens de notre complicité. J'ai tout aimé !

LE JOUR OÙ JE ME SUIS RENCONTRÉE...

2017

Le jour où je me suis rencontrée, c'est un peu le jour où je l'ai rencontrée, elle : Stella !

C'était à l'un de nos rendez-vous pour votre agenda ! Je la retrouve à Paris, sourire dans le cœur et sur les lèvres. J'kiffe nos moments ! Toujours dans notre repère habituel. Ce café au cadre cocooning qu'on avait fait nôtre. Entre deux gorgées de chocolat, le cœur gorgé d'émoi, ce jour-là quand je me confie à Stella, **ELLE SENT TOUT CE QUE JE RESSENS**, un truc de malade ! C'est une évidence : c'est avec elle que je veux faire tous mes prochains livres. Je lui demande si elle accepterait d'écrire le quatrième avec moi – celui-là – et... **ELLE DIT OUI** !

Complices, de connivence, sur la même longueur d'onde, on se comprend, se dit tout... Elle sait trouver les mots quand ils me manquent. Et la trame de ce livre que vous tenez entre vos mains s'est écrite en et entre nous. Naturellement. J'adore !

C'est dans l'encre de nos larmes et de nos rires mêlés que s'est esquissée mon histoire. Et entre chaque ligne,

j'ai pu enfin m'apercevoir, me trouver et me rencontrer. C'est ouf !
Écrire ce livre avec elle a été une vraie thérapie pour moi. Elle me comprend, me ressent. À tel point que **JE ME SENS AUTRE**. Grandie. Apaisée. Confiante. Ça m'aide à avancer dans la vie. J'en suis trop contente !

Je n'aurais jamais pensé que former un tel duo pouvait changer une personne. Grave ! Et **NOTRE ÉQUIPE, C'EST AUSSI LAURIE ET ELSA. UNE ÉQUIPE DE CHOC !** Quand on se retrouve pour déjeuner, on dirait les héroïnes d'une série. Un peu à la *Sex and the City* ! P'tites confidences entre copines autour d'un bon petit plat. Chaque fois, on est toutes trop impatientes d'être… à la prochaine fois pour connaître la suite de notre saga. À chaque fin de rendez-vous, c'est : **« SUITE AU PROCHAINE ÉPISODE. »**
C'est trop top !
Entre nous quatre, c'est bien plus qu'une simple histoire de business qui s'écrit… Elle a tout de personnel, aussi. L'amitié a cousu nos cœurs de ses fils bienveillants qui tiennent la distance en raccourcissant les distances ! Ce livre, c'est un cadeau sur toute la, et les lignes !

Tomber les masques, disséquer les frasques avec Stella m'a mise à nu. Vêtue de l'essentiel : mon naturel. Faire jour sur mes zones sombres m'a guidée jusqu'à moi…

Je me suis rencontrée pour m'aimer telle que je suis. Incroyable, je vous dis !

J'aurais jamais cru pouvoir me trouver après m'être tant perdue !

Aujourd'hui, **JE SAIS QUI J'AI ÉTÉ ET QUI JE NE SERAI PLUS**. La Margot sacrificielle qui s'est brûlé les ailes à trop aimer : c'est fini ! Je lui ai dit adieu.

DÉDICACES : À MA PLACE AVEC VOUS !

« Ma plus belle histoire d'amour, c'est vous. »
Barbara

Après les duos de l'écriture, le huis clos des plateaux, à moi les rencontres en nombre avec… VOUS !

PRENDRE LE TRAIN, DIRECTION VOUS ! La joie est déjà là… et elle sera ma compagne de tous les instants, car je pense à vous que je vais revoir, découvrir. Il y a toujours les retrouvailles avec les fidèles, la découverte des nouveaux. Et l'émotion dans tous les cas ! Je me sens trop heureuse de vous voir là pour moi. Chanceuse, même ! Où que le vent m'emmène, vous êtes là pour m'accueillir : Strasbourg, Rouen, Paris… **VOUS TOUS RÉUNIS : J'AI LA DOSE D'AMOUR !**

Quand je vous rencontre, je sais pourquoi j'aime trop ce que je vis : quand on se retrouve, je sens que vous m'aimez pour ce que je suis.

Vos pupilles pétillent quand mon cœur palpite de reconnaissance. Vous pour moi. Moi pour vous !

Vous, là en face de moi, je fais le plein d'énergie. Et j'espère que vous repartez, vous aussi, avec le plein d'amour, parce que j'en ai un max pour vous ! Vos mots, vos rires, vos sourires sont autant de soutiens dont mon cœur a besoin. **VOUS ÊTES MA RAISON D'ÊTRE.**

Entendre une mère me remercier d'avoir redonné le goût de vivre à sa fille qui ne mangeait plus… parce qu'elle avait touché le fond… ça me crève le cœur et me fait monter les larmes aux yeux en même temps. Plus que l'envie de lire, c'est l'envie de mordre la vie à pleines dents qui l'anime après m'avoir lue ?
Mais elle est là, ma mission : donner de la joie, des rires, de l'amour… semer de l'espoir là où tant d'autres ont répandu les cendres du mal-être !

MERCI POUR VOS MERCIS… vos lettres, vos posts, vos bouquets, vos cadeaux que je reçois comme autant de preuves d'amour chaque jour. **VOTRE FIDÉLITÉ EST MA PLUS GRANDE FIERTÉ.** Et si je vous parle toujours dans mes livres aujourd'hui, c'est parce qu'on a encore beaucoup à partager, confidences pour confidences.
On est une grande famille ; on suit les aventures des uns et des autres. Quand l'un d'entre nous tombe, on le soutient. Et l'amour que l'on se porte sera toujours là pour nous soulager quand celui de notre vie se fait la malle !

C'est la vie, quoi ! Et c'est si rare, dans ce monde, que la solidarité l'emporte sur l'individualité !
Elle a encore trop de beaux jours devant elle, notre histoire !

NOTRE PASSÉ NOUS LIE, NOTRE PRÉSENT NOUS RÉUNIT, NOTRE FUTUR TRESSE NOS VIES.

Lisez, riez, réalisez vos rêves… vous allez voir, une fois qu'on commence, ça ne s'arrête plus. Essayez pour voir ! Et c'est vous qui me raconterez la magie de votre vie. Elle ne tient qu'à vous : « C'est la magie de l'âme qui agit », paraît-il. Pensez très fort à ce que vous voulez et vous verrez : vous le deviendrez.

J'ai tellement de love pour vous que j'ai déjà trop hâte de vous retrouver à mes prochaines dédicaces ! J'aurai toujours une place dans mon cœur pour vous !!!

DES LIVRES À LA TÉLÉ EN PASSANT PAR... LA SÉRIE !

Juin 2016-juillet 2018

« Qu'on écrive un roman ou un scénario,
on organise des rencontres,
on vit avec des personnages ; c'est le même plaisir,
le même travail, on intensifie la vie. »
François Truffaut

Je vous en avais déjà glissé un mot dans notre agenda : ça y est, « l'idée » passe au stade « projet »... J'saute partout ! Rien qu'à l'idée de le voir se réaliser, j'ai déjà trop hâte ! Mais de quoi elle vous parle, la fille, là ? Mais de l'adaptation de notre histoire en série télé, bien sûr ! Quoi d'autre ? Bon, comme dit si bien le proverbe : « Il ne faut pas aller plus vite que la musique ! » Alors je vous redéroule la partition dans le tempo ! Parce que y a du nouveau !

Souvent, dans le silence, les choses se pensent et, parfois aussi, elles avancent !

Ce jour-là, je passe chez Michel Lafon pour le tournage du reportage M6, mais aussi pour découvrir *En toute intimité* qui vivait ses premières heures ! Juste pour avoir le plaisir de le sentir là, entre mes mains – c'est encore mieux que la fois précédente où j'étais venue pour signer le BAT ! J'surkiffe trop cette fraction de seconde où il passe de « virtuel » à « réel ».

J'peux pas être là et ne pas faire un p'tit coucou à Elsa. **C'EST UNE VRAIE P'TITE MAMAN POUR MOI !** Je l'adore trop ! Je ne manque pas une occasion de partager avec elle. Alors, avant de m'installer dans le jardinet de ma maison d'édition, je passe une tête dans son bureau. On se sourit.

« Après, il faudra que je te parle ! »

C'est fou comme une simple phrase vous met sur le fil du rasoir. J'suis passée de l'euphorie à l'angoisse en moins de deux ! Truc de dingue ! C'est l'esprit voilé de peurs et la boule au ventre que je tourne avec M6. Une fois l'émission bouclée, je file retrouver Elsa. Ses mots ne m'avaient pas quittée une minute.

« Excellente nouvelle : le livre marche super bien ! »

Ouf ! Je me détends aussitôt, rassurée.

« Rien n'est encore sûr, mais sache qu'un producteur de cinéma t'a repérée et aimerait adapter *Un amour de jeunesse* en série télé… sur une grande chaîne ! »

Je ne savais pas à quoi m'attendre, mais sûrement pas à ça ! Trop de bonheur en si peu de temps ! Je suis aux anges ! Mais chuuuuut… Pas d'effusion de joie ! Pas tout de suite, je veux dire ! C'est la responsable des droits audiovisuels qui est censée m'annoncer la super nouvelle…
Alors, quand elle m'appelle dans la demi-heure qui suit, **JE FAIS COMME SI** je n'étais au courant de rien. Genre ! J'm'entraînais déjà à jouer la comédie, ha, ha ! Non ! Je restais juste de connivence avec Elsa…

À peine je passe le pas de la porte de chez moi que j'exulte : « Vous savez quoi ? J'vais jouer mon propre rôle dans une série ! »
Et je leur raconte tout. Ils sont carrément trop contents ! Mais pas le temps de m'éterniser, il faut absolument que j'en parle à… l'autre principal intéressé : Max ! **QUI D'AUTRE ?**
Je débarque chez lui carrément surexcitée. Et comme une môme, je lui refais le film de l'après-midi, des étoiles plein

les yeux. Mais sa réaction mitigée me calme illico… J'en reviens pas !
Moi, forcément je m'attendais à un : « J'suis trop fier de toi, bébé ! »
Mais j'ai eu droit à un : « Ah, trop bien. Mais dans le livre, notre histoire est super romancée. Du coup, j'passe trop pour un romantique. Dans la série, il faut que je sois le bad boy, OK ? »
Égal à lui-même, je l'suis à moi-même, je fais tout pour le rassurer : « T'inquiète, tout va bien se passer. On a qu'à faire confiance. On est entre de bonnes mains ! »
Pour moi, ce qui compte, là, c'est qu'on vive ce rêve éveillé ensemble. Mais quand je commence à échanger avec la boîte de prod, Max se lance dans un bras de fer d'egos : « Tu me mets en copie de tous les échanges, hein ? »
Moi, là, je fais tout ce qu'il veut, je m'en moque. La seule chose qui compte encore une fois, **C'EST NOUS ENSEMBLE** ! Alors qu'il mène l'affaire comme il l'entend !
Et puis, j'avais déjà bien à faire avec la pression que je me mettais ! Actrice principale… je me dis que c'est pas possible, ils m'ont regardée ? Moi qui suis la timidité incarnée ! OH MY, **MAIS JE VAIS JAMAIS Y ARRIVER** !!! Je flippe comme une dingue. Ouf, moi, le stress, ça ne m'arrête pas. Rien ne m'arrête d'ailleurs, quand je veux quelque chose, j'me donne à fond !

On se rend au rendez-vous **ENSEMBLE**. Dans la voiture, on n'a pas encore passé le casting, même pas rencontré les producteurs que, déjà, on s'fait des films :
« À ton avis, ça s'passe comment, ce genre de rendez-vous ? Et tu penses qu'on va commencer quand ? » Et ceci, et cela... les questions fusent, et dans ma tête c'est le stress complet.
Mais ça encore, c'est rien ! Je me fais aussi des films... genre bad trip ! Le scénario du pire. Vous allez vite comprendre si je vous dis que c'est la jalouse en moi qui s'improvise réalisatrice, hein ? Alors ouais, j'confirme, Margot la relou est de retour – elle ne lâche jamais... Je vous la fais courte mais, en gros, ça donnait un truc du style :
« Mais attends, dans *Un amour de jeunesse*, y a une autre fille ! »
Et me voilà partie à faire, dans ma tête, le casting de toutes les filles qui pourraient « potentiellement » jouer le rôle de cette autre. J'ai l'cœur qui bat à cent à l'heure, j'ai déjà envie de l'engueuler, alors que là, tout de suite, il n'a rien fait. J'inspire un bon coup et je me raisonne comme je peux. Donc je finis quand même par me rassurer en lui disant : « Bon, de toute façon, tu lui feras juste un tout p'tit bisou. Mais tu ne lui parleras pas hors caméra. »
Ben voilà, la p'tite fille jalouse avait parlé... En pleine

crise de paranoïa, j'ai plus la main sur rien. Au moins, dans les clips, ils ne s'embrassent pas… Mais là ? Là, c'est pas la même du tout ! Même si ce n'est pas pour de vrai, même si c'est juste pour la télé, ils s'embrassent quand même ! Donc, ils vont le faire sous mes yeux… J'ai trop les nerfs et je pense tout haut. Ce n'est pas anodin ; **J'AIMERAIS JUSTE QU'IL ME RASSURE**… À croire qu'avec le temps je ne le connais toujours pas ! Il rigole, son ego gonflé à bloc.
Et moi, je sens mes forces me quitter. J'suis super mal. Je pense trop à notre relation, mes peurs de petite fille à ce moment-là ont pris le dessus… je ne voulais surtout pas que mon copain me trompe. Je ne le supporterais pas. J'ai trop pas envie que notre histoire se casse… Faut vite que ces idées noires fichent le camp, sinon je vais faire foirer le rendez-vous !

Un silence s'installe entre nous. Ce passager n'est pas des meilleures compagnies, mais bon, c'est toujours mieux que de passer le trajet à s'insulter, hein ?

On débarque tout penauds à la Plaine-Saint-Denis. **JLA PRODUCTIONS**. Ça claque ! On a trop de chance ! Sourire teinté de timidité… pour nous deux. On s'refait pas.
On passe l'accueil et on nous conduit aux étages les plus hauts. Plus on monte, plus on trouve cette boîte de prod

monstrueusement impressionnante ! Bon, faut dire aussi qu'on aime tous les deux les belles choses ! Grave ! Pas un pour rattraper l'autre !
Le tournage n'a pas encore commencé, mais j'vous assure qu'on avait déjà l'impression de jouer une scène : le décor est à couper le souffle ! Toutes les portes qui défilent sous notre regard scintillant d'émerveillement s'ouvrent sur un univers... Camping Paradis, Commissaire Magellan... les séries du moment !
Et nous arrivons au tout dernier étage dans le bureau de Jean-Luc Azoulay. Et quel bureau... tout droit sorti d'un magazine de design ou d'un décor de cinéma. Il surplombe la ville. Aux murs, les têtes des stars des séries qu'il produit y sont encadrées. Et lui, JLA, d'une classe indescriptible... et impressionnante ! Sourire aux lèvres, il nous invite à nous asseoir... On s'enfonce alors dans le cuir moelleux de ses canapés – trop confortable. Tu te demandes même comment tu vas te relever... Ou plutôt, non, t'as même pas envie de te relever ! Tout n'est que luxe, magie et... extrême beauté ! Et nous n'avions même pas encore échangé un mot...

Et celui par qui tout a commencé, Sébastien Fechner, est là lui aussi ! Il a lu *Un amour de jeunesse* : un vrai coup de cœur. Conquis, pour lui ça ne fait aucun doute, notre histoire a du potentiel pour... une série ! C'est l'objet de

notre rendez-vous à tous les quatre. Voir comment passer de l'idée à la réalisation.
Et s'ensuivent les questions sur nos parcours. Le courant passe trop bien entre nous quatre. C'est marrant car Max, si à l'aise d'ordinaire, se la joue plutôt discret. Et moi... timide ? Ben non, pourquoi ? Pas aujourd'hui, en tout cas. Les rôles se sont inversés ! C'est comme si une confiance nouvelle m'était apparue, mais ce jour-là je me découvre une nouvelle facette : la businesswoman que je rêve tant de devenir un jour est déjà là, à sommeiller en moi. Je découvre que, quand la situation l'exige, je parviens très facilement à mettre ma timidité de côté. Surtout quand il est question de nous... Je pense qu'inconsciemment j'aimerais aussi que Max soit fier de moi et des nouveaux aspects de ma personnalité.
Le rendez-vous se passe à merveille. On repart trop contents ! Deux gosses qui auraient rencontré le père Noël ! Prochain rendez-vous dans deux semaines pour... des essais ! Déjà ! Je saute partout.

On reçoit le scénario pour interpréter nos propres rôles ! Max et moi, on se quitte pas d'une semelle pendant les deux semaines qui séparent nos rendez-vous ! H24 soit chez lui, soit chez moi. Le bonheur. On rigole... On est grave bien. Tellement qu'on n'arrive même pas à rejouer les scènes où on s'engueule ! Même la jalousie, je n'arrivais plus à la ressentir ! Au bout de deux semaines, on connaît super bien nos textes, nos rôles. On est fin prêts. Impatients, même ! Mais pas confiants à 100 %... **ON SE MET UNE PRESSION DE OUF !!!**

Une fois sur place, Max est super avenant. Il va à la rencontre des autres acteurs dans le hall de JLA Productions. Il crée le lien. Moi, je suis impressionnée ! On va faire l'essai avec les acteurs des *Mystères de l'amour*, Maéva El Aroussi, Manon Schraen et Benjamin Cotte.

Mais une fois que le moteur tourne après le « Action », la pression tombe ! Le kif total. Je me découvre **UNE NOUVELLE VOCATION**. C'est comme si j'avais fait ça toute ma vie ! J'adooooore trop ! Et puis j'ai un vrai coup de cœur pour Maéva. On s'entend trop bien ! On n'a d'ailleurs pas coupé le lien. Elle sera un de mes modèles fétiches pour Minouchka !

C'est dans la boîte, et aussitôt envoyé à Jean-Luc Azoulay... qui dira « Action » ou « Pause ». En tout cas, Sébastien est content de nous !

Dans la voiture, nous aussi, on est trop contents, et plutôt fiers ! On a super bien géré l'enjeu. On se dit pour rire qu'on a assuré un truc de dingue ! L'ambiance est à la fête ! Idem chez nous, où tout le monde se réjouit et croise les doigts pour que JLA dise le fameux « OUI » !

Tic-tac, tic-tac, tournent les aiguilles du temps... C'est si long ! Quand on attend avec une telle impatience, chaque minute semble durer des heures, et quand l'attente se transforme en jours, elle devient insupportable.
On ne sait pas quand la réponse doit tomber... On ne lâche plus nos téléphones, pour le coup ! Beaucoup de faux espoirs, nos cœurs s'emballent chaque fois qu'ils sonnent ou qu'ils vibrent... jusqu'à l'appel de Sébastien, enfin ! Tout le monde est convoqué dans la cuisine, mes parents, mes sœurs, Max, et je mets la conversation sur haut-parleur. On arrête de respirer en attendant le verdict...
VERDICT QUI TOMBE ENFIN : JLA et lui ont adoré nous voir jouer... mais il n'est pas tout à fait prêt à mettre le budget. Les visages se décomposent. Bon, ça se comprend, ça représente quand même une belle petite somme. Mais la déception est palpable. À travers le téléphone, Sébastien doit le sentir et essaye de nous rassurer, il ne nous laissera pas comme ça ! Il s'engage à démarcher d'autres maisons de production.
Nous avons de la chance d'avoir affaire à quelqu'un d'aussi encourageant. Depuis le début, il croit en nous. Y a plus qu'à croire en lui !

C'est un homme de parole, Sébastien ! Promesse tenue : c'est chez lui qu'on se retrouve, tous les trois cette fois. Il nous fait part de ses plans. Il a déjà parlé de nous à un de ses amis qui a produit la série *Soda*. On en visionne quelques scènes, avec en vedettes principales Kev Adams et... **ELLE... SI BELLE**.

Imaginez la scène : là, si on était en train de tourner, il y aurait un ralenti... Gros plan sur moi, yeux rivés sur l'écran... Vous me verriez rire puis... blêmir. Passer de la confiance à la jalousie quand **ELLE** apparaît... ou plutôt, non, quand **ELLE CRÈVE L'ÉCRAN**... et mon cœur en même temps... Mon regard entame alors des allers-retours incessants entre ELLE et Max... juste sentir ce que ça lui faisait... l'effet qu'ELLE avait sur LUI, MON MAX !

La voix de Sébastien me tire de mon film d'horreur ! Ouf... mais il confirme que ce serait... l'actrice potentielle qui jouerait la fameuse Priscilla *d'Un amour de jeunesse*... Quoi ? Sérieux ? Il est en train de me dire que c'est cette bombasse qui va incarner celle qui **EMBRASSE MON MAX** ? Sous mes yeux ? J'ai du mal à déglutir... Et pourtant, cette fille, Lucie Boujenah, elle ne m'a absolument rien fait. Quand on va se rencontrer, je suis sûre qu'on va être de trop bonnes copines. Mais là, je vois que Max est trop content. Il ne l'exprime pas, mais je le connais trop, son petit sourire de contentement. On me la fait plus, à moi. Je suis encore déchirée, contente et super mal à la fois. Je surkiffe la perspective de tourner avec l'ami de Sébastien, la réalisation est d'une excellence ! Je suis déjà conquise. Mais... Mon Dieu, mais comment je vais ressortir de cette histoire ? **AUX YEUX DE MAX, C'EST SÛR, JE FAIS PAS LE POIDS FACE À ELLE !**

Bon bah, avec tous les efforts que je fais pour me contenir, je peux pas, j'y arrive pas. Je regarde Max et lui balance un : « Bon alors, t'en penses quoi ? Parce que t'as l'air super content, là. »

Sébastien a tout compris sans un mot. Il sait – ou plutôt, il sent – que je suis toujours grave amoureuse de Max ! Fin observateur et délicat, il met tout de même le sujet sur le tapis : « Ah oui, par contre, Margot, je te préviens, Max va devoir embrasser d'autres filles ! »

Je pense que j'ai dû piquer un fard... Prise en flag ! Genre, mais comment il a fait pour deviner c'que j'pense ? Il est mentaliste ou quoi ?

Max jubile et fait le malin, trop fier ! J'ai la confiance au raz des pâquerettes et le moral dans les chaussettes. Mais Sébastien abat mon atout : « Mais ne t'inquiète pas, on va te trouver quelqu'un, à toi aussi ! »

Là, c'est moi qui crâne l'espace d'une seconde. Mais c'est juste mon ego qui fait style ! Parce qu'au fond de moi j'ai pas du tout, mais alors pas du tout, du tout envie d'embrasser un autre mec ! **JE VEUX JUSTE MON MAX... ET**

JE LE VEUX JUSTE POUR MOI ! Même si là, on est plus ou moins séparés... mais pas pour toujours... si ?
Et puis, ce ne serait pas notre histoire. Pas envie d'en altérer le cours. Pas comme ça, ce n'est pas moi.

Alors cette petite vengeance personnelle n'aura eu le loisir d'exister que pour rééquilibrer l'instant ! Comme cet amant qui est mort avant d'avoir crevé l'écran !
Ce fragment de rêve s'achève sur la nouvelle promesse d'un retour de Sébastien. On le remercie. Et chacun repart chez lui.

Un silence similaire au premier s'est installé... entre Sébastien et nous. Mais le 15 juillet 2018, jour de la finale des Bleus en Coupe du monde, un message a recoloré le ciel de mon espoir d'un bleu roi...
Sébastien ne nous oublie pas.
Incroyable ! Encore une synchronicité – coïncidence ! Truc de ouf ! Avec Stella, on en a souvent ! Mais là, c'est juste méga dingue ! Stella et moi avons passé beaucoup de temps ensemble pour ce livre que vous tenez dans vos mains et, justement, depuis le début on s'était dit : « On va écrire le scénario de ce livre et le proposer à Sébastien. »
Bon, j'avoue qu'on ne pensait plus au petit écran, mais au film de ma vie projetée sur grand écran ! Carrément,

oui ! Forcément, **QUAND TOUT EST POSSIBLE ON VOIT LES CHOSES EN GRAND**.

Je ne vous en livrerai pas plus dans ce livre… chuuut ! La suite au prochain épisode – livre – mais… Ce que je peux vous dire, en toute confidence, c'est que Stella et Sébastien se sont rencontrés pendant mon périple en Asie, et moi, je les reverrai à mon retour…

Alors, comme on dit :

« SUITE AU PROCHAIN ÉPISODE ! »

MINOUCHKA : MA LIGNE ONLINE !

Je vous tiens informés de l'ouverture sur les réseaux sociaux !

« Pour être irremplaçable,
il faut être différent. »

Coco Chanel

Y en a qui sont accro au chocolat, d'autres, aux infos… Moi, c'est de mode que je suis addict ! Ce n'est un scoop pour personne et encore moins pour vous qui me suivez depuis des années sur les réseaux sociaux !

Sur les réseaux, je suis les stars, blogueuses, tendances mode, bijoux… **TOUT** ! Parce que j'aime le beau, oui… mais aussi être bien, et que les autres le soient également ! J'aime conseiller ! J'aimerais que tout le monde se sente bien dans ses baskets… ou talons !
Alors, je m'suis dit que lancer ma ligne de vêtements, ça serait idéal ! Des vêtements que j'aurais moi-même dénichés, choisis, achetés pour VOUS… et surtout vendus à des prix abordables par tous. Ce qui me plaît : l'idée que la mode ne soit pas une histoire d'argent ni de gens…

qu'elle soit pour tout le monde partout dans le monde !

ÊTRE BELLE, ÇA N'A PAS DE PRIX !

Minouchka sera accessible à toutes. Minouchka, c'est le nom de ma ligne de vêtements ! Je vous l'avais déjà confié dans notre agenda... C'est grâce à mam's que j'en ai eu l'idée. Elle m'appelle toujours par des petits noms tendres, dont « Minouchka »... voilà, vous savez !

Depuis le collège, je songe à créer un jour ma propre marque de vêtements, mais je ne me suis pas plongée plus que ça dans les démarches – j'étais encore très jeune, faut dire ! Je suis à fond les marques, les stars et tout et tout ! Je scrute tout, vêtements bien sûr, mais aussi coiffures, accessoires, maquillage... J'suis carrément de plus en plus emballée par l'idée d'être à la tête de ma marque ! Femme d'affaires, c'est mon rêve. Je me suis mille fois vue dans mon bureau design, trop classe à la tête d'une affaire qui roule ! Je sais que j'y arriverai.

C'est quand je suis déprimée que me viennent toutes les idées de ce que je désire pour ma marque. Vous imaginez donc que les idées ont fusé à une certaine période ; c'était pas plus mal, ça m'a aidée à me raccrocher à de nouveaux projets, à une perspective d'avenir. Et une fois que je suis lancée, on ne m'arrête plus !

J'en parle à Chou qui me dit : « Fonce, j'ai trop confiance en toi ! » Mes parents et mes sœurs, je sais que j'ai leur soutien à 2 000 % !
Et c'est là que les mots d'un caméraman (talentueux !) avec qui j'ai sympathisé me reviennent : « T'as du potentiel, Margot, lance-toi ! Il faut le faire. »
J'ai le déclic ! En un clic je contacte un jeune qui crée des sites, je regarde les démarches pour créer ma boîte et tutti quanti ! Le kif total. C'est juste ce dont j'avais besoin pour retrouver le smile !
Le brouillard de Londres avait éclairci mes idées ! Trop cool ! J'en oublie mon look de mogwaï trop relou, car là je ne pense plus qu'à elle et à vous... « Elle » ? **MINOUCHKA, BIEN SÛR ! QUI D'AUTRE ?**

De retour à Paris, site créé, je fonce chez les fournisseurs et j'investis dans tout ce que je pense être parfait pour vous : robes, jupes, pantalons, chemisiers, pulls, bandeaux, bonnets... Je cours aux quatre coins de Paris pour faire toutes les démarches administratives. Je réalise les photos et un partenariat oral avec Alain. Mais là, gros hic... je ne sais si c'est lui ou moi qui vais plus vite que la musique, mais là, on est complètement décalés !
Minouchka devait voir le jour en décembre 2017... mais quand je jette un œil au shooting, je stoppe tout net ! C'est pas pro. Plus amateur, tu meurs ! **JE SUIS VÉNÈRE.** Je

faisais pleinement confiance à Alain. Je m'embarquais dans notre aventure avec lui les yeux fermés !

Mais quand il a exigé 40 % de l'affaire, alors que jusque-là il n'avait pas bougé d'un iota, j'ai vite ouvert les yeux ! Stop ! Arrêt sur image, et je me suis refait le film de toutes les fois où il m'a dit : ça sera mis en ligne à Noël, puis en janvier… et puis, et puis… Minouchka est toujours en stand-by à ce jour… et vous aussi par conséquent !

Là, j'ai pris conscience que j'avais été trop gentille ! **JE BOUILLAIS À L'INTÉRIEUR.** Mais cette fois, j'avais bien l'intention de le faire savoir sans aucune peur. Je crois qu'il n'avait pas encore compris que c'est ma boîte, et que c'est quand même un peu moi qui décide ! S'il ne savait pas encore qui j'étais… il allait voir à qui il avait affaire.

Je n'aime pas avoir à taper du poing sur la table. Mais là, il m'avait vraiment trop prise pour une gamine. J'ai mis fin à cette mascarade en moins de temps qu'il ne faut pour le dire.

« Écoute, les fans attendent bien sagement, on a de la chance. Moi, je ne t'attends plus. Je récupère toutes les fringues dans le local et à mon retour je reprends la gestion du site. Tu quittes le navire ! »

Non mais ! Ça me met toujours les nerfs à fleur de peau de me retrouver face à des gens qui ne pensent qu'à leur

pomme ! Récolter les fruits de ce qu'ils n'ont même pas pris le temps de semer !
Je décide de tout gérer toute seule. Je vais apprendre à bien m'entourer ! Et ne monteront dans mon bateau que ceux qui ont à cœur de s'investir et qui croient en Minouchka !

Mam's et pap's, Marine et Maé, merci pour votre confiance. Elle coule en mes veines. Et croyez-moi, grâce à vous, **JE ME SENS LA FORCE D'UNE REINE ! ET PAS QUE DU SHOPPING !**
Je le sais. J'en ai la conviction, un jour je serai à la tête de ma boutique... et pas qu'online, non, en ville aussi. J'm'y crois ? Non, j'm'y vois trop !
Peut-être à Amiens, je le sens trop bien. Bien sûr, j'espère que ça sera une affaire qui roule... en gérance avec quelqu'un qui serait un peu mon double : qui kifferait de vous faire kiffer votre corps dans mes vêtements. Et moi ? Je continuerai à courir les boutiques pour vous rapporter encore et toujours plus de nouveautés ! Et tout ça au nom du bien-être et de la beauté ! Oh, j'ai déjà trop hâte ! Et vous ?

JE TENAIS À VOUS DIRE MERCI POUR VOTRE PATIENCE...
et à vous prier de m'excuser aussi.
Je suis sincèrement désolée de vous faire patienter.

Pardonnez-moi ce silence et le retard de la naissance de Minouchka. Gardez un œil sur mes réseaux, elle arrive bientôt ! Promis, je me rattraperai ! Je vous chouchouterai à ma manière, une fois Minouchka lancée !
En attendant, on se retrouve à l'une de mes dédicaces.

MERCI D'ÊTRE FIDÈLES, JE VOUS LE SUIS TOUT AUTANT.

DANS L'HUMANITAIRE POUR UNE TERRE PLUS « FAIR »

« Aimons-nous debout
Faisons la paix, faisons l'amour entre nous
Aimons-nous surtout
Pour ne plus jamais, jamais vivre à genoux
Aimons-nous vivants. »

François Valéry, Aimons-nous vivants

J'ai toujours été à l'écoute des autres. J'aime les gens, les écouter, les faire rire, les rendre heureux... Mais plus encore : j'aime les soigner. Ça ne s'explique pas. C'est comme ça. **J'AI ÇA DANS LE SANG.**

Quand une amie va mal, je ressens trop le besoin de l'aider. Même quand je croise des gens dans la rue qui ont l'air d'être grave en détresse, je ressens de la tristesse. Les voir malheureux, désorientés, blessés... pour moi, c'est **INSUPPORTABLE** ! Je me sens mal pour eux et je souffre avec eux ! Plus empathique, tu meurs ! J'ai à cœur de me sentir utile. C'est vital pour moi. Je ne sais pas exister autrement.

Mes amis le savent, je suis une oreille attentive et une épaule réconfortante. Et j'aime ça. J'aime parce que je donnerais tout pour voir pointer leur sourire à chaque seconde. Même sur les lèvres des personnes que je n'aime pas, d'ailleurs. Dans le mal-être et le malheur, je mets de côté tous nos différends. La souffrance fait grave la différence. On ne peut pas rester indifférent. Moi, en tout cas, je ne peux vraiment pas. De toute façon, je ne me pose même pas la question. **C'EST NATUREL. INNÉ, MÊME !**

J'ai toujours rêvé de travailler avec les enfants. J'suis une vraie petite maman dans l'âme. Je suis née pour, ça n'fait aucun doute !
Je me vois bien avec mon p'tit cousin Lyssandrou ! C'est un truc de fou, dès que je le prends dans mes bras, je ne suis plus moi : je deviens sa mère ! Je fais tout pour lui plaire et surtout pour qu'il kiffe le moment avec nous ! **J'AI DÉJÀ TROP LE DÉSIR D'AVOIR DES ENFANTS…**

Je vous entends déjà… Bien sûr que j'ai pensé suivre des études de puéricultrice ! Le rêve, des bébés toute la journée… mais j'ai demandé conseil à mes proches et j'ai réfléchi pour savoir si c'était vraiment ce que je désirais faire.
J'ai lâché l'affaire. Parce qu'au fond je savais que ce n'était

pas le métier idéal pour moi. C'est sûr ! Je me connais trop : si je l'avais vraiment voulu, je me serais donné les moyens de réussir. **RIEN NE ME DÉTOURNE JAMAIS DE MON CHEMIN.** Mais mes proches me connaissent trop bien ! C'est pour ça que je consulte toujours leur avis avant de me décider. Après, j'écoute aussi mes désirs à moi !

Je me suis donc plongée à fond dans les études que j'ai choisies en écoutant mon cœur, cette fois. Ça a payé : bac avec mention assez bien. Et... mes stages ! Je les ai tous adorés. Chacun m'a dévoilé ma plus ou moins grande affinité avec les différentes spécialités des métiers d'aide à la personne. Je les ai tous surkiffés ! Un truc de malade !

En seconde et première, c'est dans les écoles primaires que j'ai fait mes armes. J'ai trop aimé m'occuper d'enfants en difficulté. Mais la difficulté, justement, c'était la communication. Sans connexion, moi, j'déperis. Parler, échanger... c'est un minimum vital pour moi, comme soigner passe aussi par là ! Bon, voilà, ça, c'est fait !

Mes stages de terminale m'ont confirmé mon premier ressenti. J'ai atterri à l'hôpital en soins et rééducations. Là-bas, des accidentés défilaient toute la journée. **LEUR SOUFFRANCE PARLAIT SI FORT QU'ON NE POUVAIT PAS S'PARLER...**

Ça matchait qu'à moitié avec mes attentes. Mais j'ai adoré les rencontrer, tous ces blessés dans la chair et dans l'âme. C'est ouf : un vrai microcosme de la société ! Alcooliques, victimes d'AVC, d'accidents de la route ou domestiques : des soins très éclectiques. C'est ce que j'ai trop aimé, me mélanger à tous types de personnes et personnalités ; tous les âges et catégories socioprofessionnelles… Là-bas, pas de différence, tout le monde est sur un pied d'égalité ! Passionnant ! J'ai voyagé avec et à travers eux dans toutes les strates de la société : le pied !

Mais quand j'ai poussé les portes des maisons de retraite, c'était une toute autre affaire ! J'ai tout de suite su que c'est pour elles que j'étais faites : **LES PERSONNES ÂGÉES** ! Pourquoi ? Parce que, avec elles, on se parle… et le lien a le temps de se tisser entre nous ! Une joie pour moi. **L'AUTRE ME NOURRIT AUTANT QUE JE LE FAIS !** Ça, c'est précieux pour moi !

J'ai vu à quel point j'aimais mes patients le jour où je l'ai vue partir pour l'au-delà… Je garde en mémoire les traits de cette mamie qui se retrouvait là parce qu'elle était simplement tombée. Moi, je me retrouvais là pour la soigner. L'aide-soignante me demande de la préparer pour sa toilette. Je m'exécute en bon p'tit soldat. J'aime trop ça ! Je m'approche du lit où elle repose. Ses traits reflètent une certaine sérénité. Assise à ses côtés, je lui fais des papouilles dans les cheveux, puis sur la main. Un frisson me parcourt comme si un fantôme avait traversé la pièce dans un souffle glacial. Il a marqué l'heure de son terminal… elle venait de prendre son simple aller… Elle m'avait quittée. Je l'ai sentie partir. Elle attendait sûrement une ultime attention, mon affection. Ma gorge s'est nouée. La tristesse m'a prise d'assaut. Un vrai tsunami. Mes larmes… hors de contrôle.

J'en informe l'infirmière. **LE MÉTIER EN MOI PREND FORME.** Mais quand elle m'invite à assister à la toilette mortuaire, je manque d'air. C'est au-dessus de mes forces. Je m'efforce de garder contenance, mais il faut que je sorte de là… Son absence me laisse sans voix. Je me réfugie dans la salle de pause. Vite, vite, sortir. C'est fou comme on s'attache en peu de jours. À peine une semaine mais je nous sentais proches.

Là, tout le monde est aux petits soins. Un jus d'orange, des regards, des égards. Des anges, partout autour de moi…

Ce que je vis ce jour-là ne change en rien mes convictions. Ou si, ça renforce mon désir d'être là pour ceux qui ont un grand vide en eux ou un mal quelque part. Je le sais, je suis faite pour ça. C'est dans l'ADN de la famille ! Comme mon père est un fou des gens. Ma mam's a donné sa vie pour eux et continue à le faire. Et sa mère, comme elle, était aussi aide-soignante, mais à domicile. **AIDER NOTRE**

PROCHAIN, C'EST NOTRE DESTIN ! Agir pour les autres, c'est notre truc naturel pour nous épanouir ! On fait ça de génération en génération. Je ne pouvais pas passer à côté de ce métier, je suis calibrée pour !
Tout ce que je vis me conforte en ce sens. J'ai ça dans la peau, faut que je réconforte les autres.
L'Inde a été pour moi une vraie révélation. Catapultée au cœur de la misère, je n'avais que faire des sacs Vuitton, des fringues Gucci... seul leur bien-être était mon souci. **MA PLUS GRANDE RICHESSE.**
Aujourd'hui, rien ne me détournera d'eux, les pitchouns ! Je vais leur consacrer du temps à côté de mes autres activités. Mon objectif ? Créer des dispensaires partout dans le monde. Dessiner une bulle de protection pour ces enfants : les laver, les instruire, les construire, les choyer, les faire rêver. Je leur lirai des histoires. Je leur ferai voir que la vie, ce n'est pas survivre, mais vivre dans l'amour. **J'VEUX RALLUMER DES ÉTOILES DANS LEURS YEUX.**

OPÉRATION LOVE ! Comme **OMAR SY** avec son association **CÉKEDUBONHEUR** qui sème le rire en réunissant des artistes. Ou **JÉRÔME JARRE** et sa **LOVE ARMY**, qui constitue des cagnottes pour aider les p'tits du monde entier et qui se filme avec eux. Ils sont la vedette d'un instant.

Grâce à ça, ils verront la vie autrement. Je leur tire mon chapeau à tous les deux.
J'veux trop œuvrer pour que les plus démunis aient des conditions de vie humaines. Et que dans leurs yeux coulent des larmes de joie, que de leurs gorges s'évadent des éclats de rire !

Mon futur s'inscrira dans les sphères de l'humanitaire. C'est ma mission sur cette Terre.

J'ai trop envie de me joindre à eux ! Oui, j'veux qu'on fasse une action tous ensemble. L'union fait la force. Ça serait mon plus gros kif !
Si c'est un appel ? Clairement : OUIIIII !

FEMME D'AFFAIRES : J'EN FAIS MON AFFAIRE !

« La passion est une énergie.
Sentez la force qui vient se concentrer
sur ce qui vous excite. »

Oprah Winfrey

Soins, livres, fringues… J'ai en moi le désir mordant de vivre la vie en grand. Femme d'affaires, j'en fais mon affaire. Je sais que j'aurais mon bureau et que d'en haut je mènerai mes barques comme il faut.
Comme me le disent souvent Marine et Maé, j'ai mille idées à la seconde, des projets plein la tête. Il m'en vient à chaque rencontre. **FAUT QUE ÇA PULSE.** Faut que j'impulse du mouvement. Surtout de la joie !
Alors, j'explore différentes voies, et j'adoooore !

Le concours d'aide-soignante, je ne l'ai pas en poche, mais ça ne fait pas de différence pour moi. Ça m'a montré ma voie. Mise sur les rails en quelque sorte. Je sais qu'autre chose m'attend. L'humanitaire aux quatre coins de la Terre. C'est clair !

Le concours de gardienne de la paix, c'était juste pour honorer mon engagement auprès de Chou. La soutenir autrement que par des mots. Solidarité et fraternité entre sœurs de cœur, on vit tout ensemble et à cent à l'heure. Mais c'est sa vocation à elle, pas la mienne.
Le diplôme de l'EBS, l'European Bartender School… **MON AGENT EST UNE PERLE** ! Cette fois, c'est un mois à Barcelone qu'il m'offre pour devenir la nouvelle Mme Tom Cruise… J'plaisante ! Juste derrière un bar, ha, ha, ha ! *Cocktail*, le film, vous voyez ?

À peine je pose le pied sur le sol espagnol que je suis conquise ! J'aime déjà Barcelone avant même de savoir ce et ceux qui m'attendent !
Là, c'est parmi des camarades de classe venus du monde entier que j'ai appris à concocter 72 cocktails ! Mortel ! Il fallait connaître les recettes sur le bout des doigts. Une erreur d'ingrédient, et ça fait un cocktail différent !
16 heures-22 heures… dans une ville pour laquelle j'ai eu grave le coup de cœur, entourée de personnes qui sont, elles, gravées dans mon cœur… C'est trop l'bonheur, là. **UNE BOUFFÉE D'OXYGÈNE.** Tombée à point nommé. J'avais juste besoin que ça bouge dans ma vie.
Ces jours à un rythme endiablé m'ont formée, mais pas qu'aux cocktails. C'était une leçon de vie en permanence, heure après heure, rire après rire.

À quoi ressemblait une journée type ? À ça :

* 1re heure pour apprendre 6 cocktails. Évaluation quotidienne ! Il fallait qu'on s'y tienne parce qu'à la fin, les 72 cocktails, on devait les connaître sur le bout de la langue !

* 2e heure : c'est « Fripou », le 2-4-6... fallait mesurer à la goutte près avec quatre verres et deux bouteilles... l'embrouille à s'arracher les cheveux !

* 3e, « flair » : on lance les bouteilles à la Tom Cruise sur une choré... non pas improvisée mais bien préparée... ça rigole pas... mais si !!!

* 4e : Seul au bar, on s'entraîne à réaliser les cocktails appris. S'agissait pas d'être à la traîne... Oh là là, galère... mais je me mettais à côté de mon souffleur, Charles ! Vrai coup de cœur amical pour ce Marseillais que je reverrais avec joie autour d'un cocktail ! Ha, ha, ha !

Et à la fin de la journée on se réunissait tous, les Français, les Espagnols et les Italiens. Six passaient derrière le bar... et hop ! en un mois on a dégusté les 72 cocktails ! J'ai littéralement trop kiffé.
Si c'était à refaire... je le referais direct !

Je me suis sentie comme à la maison : en famille ! Ceux qui étaient censés n'être que des camarades sont devenus des potes tout de suite ! C'est comme si on se connaissait depuis toujours. Et je sais que viendra le jour où on se réunira tous en souvenir de ces jours trop heureux.

C'est exactement l'idée que je me fais du travail ! On peut travailler avec sérieux dans la légèreté ! **APPRENDRE ET S'AMUSER !** Ça le fait grave ! Parce que la joie grave les acquis dans la mémoire et le cœur !
J'ai trop aimé être la seule fille... Ah, oui, j'avais oublié de vous faire part de ce p'tit détail ! J'étais leur protégée. Ça fait un bien de ouf !
J'ai senti que mon cœur avait baissé la garde. Je sais qu'aujourd'hui je suis prête à aimer de nouveau. Je ne suis plus insensible aux charmes des Apollons qui croisent mon chemin. Je sais que je tiens à être avec celui qui me correspond parfaitement. Alors, j'apprends à connaître les hommes que je rencontre. Je me réserve pour celui avec qui je sentirai que je peux construire ma vie. Je sais que, ce jour-là, mon cœur ne me trahira pas !

Je garde en mémoire les valeurs qui me sont chères et l'atmosphère solidaire ! L'esprit d'équipe, notre complicité, nos sorties, nos cris, nos pleurs... **TOUT** !

J'ai bien sûr vécu cette magnifique expérience avec l'œil analytique de la femme d'affaires… Influence qui gonfle mon expérience ?

J'ai les clefs pour :

* GÉRER UNE ÉQUIPE
* DÉVELOPPER UN CONCEPT
* SATISFAIRE DES CLIENTS.

À ce jour, c'est la formation la plus riche et enrichissante de ma vie. Et je sais que ce n'est que la première d'une longue série.

Je l'vois bien avec les partenariats. Il en suffit d'un qui donne le la… j'adoore ça ! Cet **ESPRIT WIN-WIN**, gagnant-gagnant… je porte et essaye les produits, les gammes, les vêtements et en fais la pub sur mes réseaux sociaux.
Je rêve secrètement de porter les vêtements de Zadig et Voltaire, Maje, Les Petites Bombes…
Mais clairement aussi de revenir aux valeurs d'avant, que l'impact change les mentalités, que les femmes retrouvent leur bien-être sans vouloir gommer les contours de leur corps. On est toutes belles, chacune à sa manière.

La femme d'affaires en moi est certes quelque peu **UTOPISTE**. Mais j'ai les pieds bien sur terre, j'vous assure.

Et je vous jure que j'suis réaliste. **MINOUCHKA, MES LIVRES** pour vous… en sont la preuve. Le reste sera à leur image : dans le partage.

J'œuvre pour des actions qui feront, je l'espère, la différence… pour un monde plus fraternel et plus humain. À ma petite échelle mais…
Merci. Grâce à vous, j'ai refermé à la porte du passé… et je regarde vers demain.
Vous me donnez des ailes ! Ensemble, nous irons loin. Très loin.

- 6 -

AU GRAND AMOUR JE CROIS TOUJOURS

J'EN SUIS LE FRUIT... SUCRÉ À SOUHAIT

À eux d'eux, ils sont les **ROMÉO ET JULIETTE DES TEMPS MODERNES**... enfin de leur époque ! À cette différence près que leur amour a traversé les âges. Et qu'ils ont donné vie à trois filles aux idéaux façonnés à leur image ! Mon pap's et ma mam's...

Elle a alors seize ans, il en a vingt-deux. Elle est lycéenne, il gagne déjà sa vie. Il vient de la banlieue, elle réside dans les beaux quartiers. Ce qui en aurait arrêté plus d'un renforce ce lien naissant... l'amour.

Sa famille à elle nourrissait le dessein d'un avenir prestigieux en accordant la main de leur fille à un gendre de bonne famille. Mais le destin en avait décidé autrement. Du premier jour où il est passé la prendre au lycée, ils ne se sont jamais quittés. Il lui a fait sa demande dans les règles de l'art... et même si les allusions de sa future belle-famille lui en ont fait voir, mon père n'a eu de cesse que d'être avec elle. Et elle, ma mère, vibrait du même désir. Interdire renforce ! Jamais accepté par sa belle-famille, mon père a fait fi de leur mépris, le cœur épris. Ils ont tous deux vécu en connivence. C'étaient eux et le reste du monde. Leur alliance n'était pas qu'une bague au doigt, mais leur règle, leur loi et leur foi. Ensemble ils se sont battus pour faire exister leur amour. Et leur amour a vaincu. L'amour est plus fort que tout, même que la mort. Il est au-dessus de tout. Ils l'ont prouvé à tous !

Puis j'ai été le témoin quotidien de leur amour. Pour eux : **L'AMOUR RIME AVEC TOUJOURS**. Ils en sont l'exemple parfait. Leur amour se conjugue à tous les temps : au passé, au présent, au futur. Pour eux, pas de conditionnel, seul l'indicatif. Indicateur annonciateur d'une vie ponctuée d'amour. Mes parents s'aiment vraiment. Grâce à Dieu.

Bien sûr, ils ont eux aussi connu les tempêtes et les nuages. Mais ils ne se sont jamais lâché la main malgré la force des courants. Ils n'ont jamais échoué sur un autre rivage que celui de l'amour toujours. Soudés, jamais l'un sans l'autre.

La vie les a aussi plongés dans le creux de ses vagues. Mon père en dépression a tenu bon grâce à leur amour, au nôtre à Marine, Maeva et moi. Mais aussi à travers le travers d'une petite addiction : les jeux. Il avait remplacé la cigarette par la roulette ! Les yeux rivés sur l'écran de l'ordinateur à toute heure, il se nourrissait de ça plus que des bons p'tits plats de maman. Ça ne l'a fait qu'un temps. Parce que mam's, elle prend sur elle, mais elle sait aussi dire stop quand ça va trop loin. Elle hausse le ton, juste ce qu'il faut pour que tout rentre dans l'ordre. Et c'est ce qu'il s'est passé, tout est redevenu comme avant. Ils assurent un max, tous les deux. Ils s'aiguillent, se réorientent. Ils sont leur nord, leur sud, leur est et leur ouest…

Quand Marine s'est retrouvée dans les flammes de l'enfer, on a tous eu le cœur brûlé à vif. Nous ne vivions plus, craignant pour sa vie. Seul comptait Marine, qu'elle s'en sorte. On était liés comme jamais. Je ne souhaite à personne une épreuve de la sorte. **MA FAMILLE, C'EST L'AIR QUE JE RESPIRE.**

Les aléas de la vie n'ont jamais distendu leurs liens, ni aucun de ceux qui nous unissent tous les cinq. Les voir s'épauler, se secourir, se chérir, se dire, se lire… ça nous a tous construits avec la certitude que l'amour guérit tout. L'amour est l'antidote à la note salée que laissent certaines personnes ou événements. L'amour subsiste à tout.
Ça ne se fait bien sûr pas comme ça. Ça s'entretient, comme un jardin. C'est une attention de tous les instants. Des petits égards autant que de grands versés çà et là, avec le cœur comme arrosoir.

Mes parents, c'est l'exemple que je souhaite à mon tour pour mes propres enfants. Ils sont la preuve que l'amour dure malgré les coups durs. Ils ont pansé leurs plaies sans jamais s'infliger de coups.

Rien ne s'est jamais infiltré entre eux. Ni entre nous. Jamais. Ils ne se sont jamais déchirés. La vie avait beau se déchaîner, les épreuves, s'enchaîner... tout n'a été au final que le prétexte pour nous souder encore plus les uns aux autres. Nous sommes un tout indivisible.
Alors oui, j'ai l'image du couple dont l'amour est indéfectible. Indestructible.
Pour moi, le couple, c'est eux, c'est ça, rien ne peut séparer deux êtres qui s'aiment. Clairement. Ayant été biberonnée à ça, comment prétendre à moins ?
Je suis fan de leur couple ! J'aime tout ce qu'ils sont. Je suis grave addict à leurs fous rires comme à leur joie de vivre. **LES VOIR HEUREUX, C'EST CONTAGIEUX !**

Je suis en admiration devant leurs manifestations d'amour. Ils sont les opposés qui s'attirent ! Mon père, c'est l'amour extraverti... « ma fiancée » par-ci, un câlin par-là. Ma mère, c'est tout à l'intérieur. Mais le résultat est fabuleux, ils vibrent sur la corde de l'amour. Non sur celle de la discorde. **LEURS DIFFÉRENCES S'ACCORDENT À MERVEILLE !**

Ils s'aiment comme ils sont. Ils n'ont jamais cherché ni à se gommer ni à se changer.
J'ai été contaminée par cet amour-là : l'inconditionnel, l'éternel. Et Dieu et vous m'en êtes témoins : il est hors de question que je revoie mes désirs, mes valeurs ou même ma conception du couple à la baisse. Cet amour qui coule dans les veines et qui traîne dans mon esprit n'est ni parfait, ni idéal, il est juste celui qui me correspond.

Chez nous, c'est **LA MAISON DU BONHEUR**, comme le disent ceux qui en passent le pas de la porte ! J'ajouterais « et de l'amour »... Comme vous l'avez bien compris, grâce à eux deux. C'est un écrin épanouissant d'où on ne peut envisager l'amour que grand. Ils sont faits l'un pour l'autre. Je ne peux imaginer ma mère sans mon père, mon père sans ma mère.

Je leur souhaite une infinité de lendemains main dans la main. Cœur contre cœur.

JE VOUS AIME DE TOUTES MES FORCES.

J'EN AI GOÛTÉ LE FRUIT… SUAVE ET AMER

« L'amour dure trois ans. »
Frédéric Beigbeder

J'ai regardé le film de la love story de mes parents chaque jour depuis que je suis née. Alors oui : **JE SUIS FLEUR BLEUE**, romantique, un cœur tendre. Oui, et tout ce que vous voulez… J'assume ! Je revendique, même.

Et cet amour, après l'avoir vu, je l'ai connu. Éprouvé dans mon cœur, mon corps, ma chair, chaque atome…
Le temps m'a dévoilé le visage de son âme en tant qu'ami. Ses câlins, sa maturité affective, ses bisous, ses attentions… m'ont révélé son charme. Plus je le côtoyais, plus je l'appréciais. Enfin, je l'aimais beaucoup, beaucoup, beaucoup ! Et voir qu'il me faisait des bisous et des câlins devant tous ses copains, ça m'a mis la puce à l'oreille… Je me suis dit que je devais vraiment lui plaire pour qu'il soit aussi affectueux devant eux. Il était comme ça « naturellement » avec moi, sans que je lui fasse passer aucun message, même pas au passage d'une pique, non ! Et qu'il

affiche ce qu'il ressent, cela compte plus que tout pour moi.
J'AI BESOIN DE ME SENTIR AIMÉE AUX YEUX DE TOUS.
J'avoue… Avant même de sortir **AVEC LUI**, je me sentais unique, importante et la fille la plus importante de son monde… Jusqu'à elle. Priscilla. Là, comme vous le savez, je suis passée dans les serres des corbeaux de l'enfer. Inutile de repasser la vidéo du film d'horreur. Là, on reste sur ma love story et le conte de fées car, oui… ce qui s'écrit ensuite ferait pâlir Cendrillon, la Belle au bois dormant et toutes les autres !

Le voir vivre l'amour avec une autre alors qu'il ne me réservait que de l'amitié, ça ne m'a pas dissuadée ! Non, ça m'a carrément aimantée à lui. Son absence a fait naître en moi le désir irrépressible qu'il devienne omniprésent. On partageait tout, les délires, les cours, les confidences, chaque minute de toutes nos vacances… mais pas le rapprochement de nos corps… Nos cœurs flirtaient déjà avant que nos lèvres s'effleurent.
Je suis tombée amoureuse de lui… raide dingue… Sa relation l'a fragilisé et a malheureusement donné le la à la suite de sa vie sentimentale. Mais ensemble, nous allions écrire une autre partition, jouer une autre mélodie. Chanter l'amour avec un grand P… comme « Passion ».

Même quand on se voit moins, je suis charmée. J'aime tout ce qu'il est. Sa personnalité et sa singularité l'ont emporté sur... son physique. Je finis évidemment par le trouver **CARRÉMENT TROP BEAU**. Mais même avant, sans cela, il possédait déjà tous les atouts que j'avais envisagés pour mon prince charmant...

Mais... le début de notre conte a dérogé à la règle qui régit celui des grands classiques... Le baiser, qui marque le début du couple. Avant, pas de questionnement : c'était lui, le prince, qui prenait les devants. Il ne craignait pas de se prendre un vent ! Mais aujourd'hui, tous les codes sont chamboulés... quand ils ne sont pas carrément inversés !

Petit à petit, je m'imaginais qu'il m'embrassait... De plus en plus souvent, l'image romantique aiguisait mes attentes. Je me suis fait cent fois la scène...

Mais – encore un, oui ! – ce soir-là, on est tous les deux chez une pote à moi, Éléonore, avec un pote à lui. On passe une trop bonne soirée. On est carrément trop proches. On ne se quitte pas d'une semelle ! Mais pas de bisous... Tout ce que j'aime.

Il nous quitte vers 23 heures. Et, une fois rentré, m'écrit, trop mimi :

Trop bonne soirée avec toi... J'aimerais bien que ça soit toi qui fasses le premier pas et qui m'embrasses...

Mon cœur battait la chamade à tout rompre. Je ne savais plus si c'était juste de la joie, ou aussi la peur de ne pas être à la hauteur... Oh là là... je me mets une grosse pression de malade. J'avais tellement attendu qu'il soit seul, qu'il ne soit plus avec elle, que je n'allais pas passer à côté, c'est clair, mais là, **C'EST MOI QUI DEVAIS JOUER LES PRINCES CHARMANTS ET DÉPOSER LE FAMEUX BAISER MAGIQUE SUR CES LÈVRES... TANT CONVOITÉES** !

Ni une, ni deux, je réécris le début de mon rêve bleu avec mon prince charmant. La suite est cousue de fil blanc...

On se donne rendez-vous le lendemain au parc de la Bihorel, notre fétiche ! Mains nous ne sommes pas en tête à tête : Éléonore est de la partie... elle jouerait les chaperons ! Une partie ! Maxence est comme à son habitude avec moi, tout tendre, tout câlin et il me fait un bisou sur la joue. Je le lui rends. Il resserre son étreinte. Je sens le signe d'un encouragement au rapprochement et... je l'embrasse... d'un vrai baiser d'amoureux ! C'était le 9 mai 2012. À partir de ce jour-là, NOUS ÉTIONS EN COUPLE... et notre rêve était en marche.

Je suis comme une princesse, jeune, fébrile et pleine d'espoir. Les peurs peuplaient mon monde intérieur. Un truc de ouf. Je n'avais jamais fait un avec quelqu'un... et les messages de son ex me hantaient au point que je craignais qu'elle recommence à m'écrire :

Si tu crois qu'il t'aime, tu te trompes !

Si je manquais de confiance en moi, j'en avais une totale en Maxence. Notre romance s'écrit et je vis les trois plus belles années de ma jeune existence.
LA VIE NOUS A AMENÉS L'UN À L'AUTRE. Mes parents m'avaient donné l'image du couple dont l'un est fait pour l'autre et Max l'avait incarnée, mais seulement pendant un temps : trois ans...

Le rêve commence scellé par ma confiance. Chaque fois qu'on s'embrasse, c'est comme si la Terre tremblait sous nos pieds. Nos corps ne sont plus qu'un grand frisson. Pour tout le monde nous étions les nouveaux amoureux de Doisneau.

« Alors, les tourtereaux, vous vivez d'amour et d'eau fraîche ? »

Nous étions un modèle pour tant de gens, petits comme grands. C'était une évidence : **PAS DE MARGOT SANS MAXENCE, NI DE MAXENCE SANS MARGOT.** C'est beau de faire rêver les gens. J'aime cela en tout, et en amour surtout.

Je découvre l'amour, la vie, à travers ses yeux à lui. Je n'ai même pas assez de doigts pour compter toutes nos premières fois en amoureux : notre premier baiser, notre premier ciné, notre premier resto, nos premières vacances... tout n'est qu'amour, beauté et volupté... *Amour, gloire et beauté* à côté... c'est fade, c'est du fake ! Nous, on le vit dans la vraie vie !!!

Mais il y a encore quelques premières fois que j'aurais aimé même compter sur les doigts d'une seule main... Notre premier appart... notre unique mariage (le vrai), notre premier enfant...

Et il y en a une que je ne pourrai pas réécrire. Faire des ratures sur les actions passées, ça se fait seulement dans les lignes de nos cahiers imaginaires... alors je vous l'écris dans celles-ci bien réelles : j'aurais aimé être la première et la dernière fille qu'il présente à ses parents...

Mais ce désir inassouvi n'a pas noirci les lignes de notre histoire. Aucun, d'ailleurs. Avec toi, mis à part les trois désirs cités au-dessus, notre amour a dépassé toutes mes espérances. **JE T'AIMAIS TEL QUE TU ÉTAIS, MAXENCE.**

ET OUI, OUI, OUI, TU M'AS COMBLÉE PARCE QUE, AVEC TOI, J'AVAIS CE QUE JE VOULAIS À LA BASE : QUE TU MONTRES AU MONDE ENTIER COMBIEN TU M'AIMES MOI ET UNIQUEMENT MOI.

En parler pour ce livre m'a fait comprendre que si pour moi c'était si important que Max affiche son amour pour moi, c'était d'abord parce que j'étais persuadée que c'était la preuve qu'il m'était, et me serait toujours fidèle. Et aussi pour dire à toutes celles qui avaient des vues sur lui : « Pas d'chance, il est déjà pris. Il est à moi ! »

Mais les filles, afficher l'amour ne détourne pas le cours des choses, ce qui doit arriver arrive. Aimez, donnez. Pour ne jamais regretter.

Les autres filles n'ont eu de cesse que de lui courir après : succès et notoriété réveillent l'instinct de cruauté. Pour elles, une alliance autour du cœur, ça ne vaut pas une nuit d'ivresse. Mais elles n'étaient rien que des numéros – malgré tout, il n'a jamais su résister à l'envie de plaire. Moi, je le sais aujourd'hui, j'étais l'unique. Comme lui l'était pour moi.

IL ÉTAIT L'AMOUR DE MA VIE. Aucun autre n'a jamais, jamais, jamais occupé mon esprit ni mon cœur.

Je vais aller de désillusions en désillusions. C'est comme si on s'était tacitement dit : « On va se faire mal pour se montrer qu'on s'aime. »
C'est ce que certains prendront pour du sadomasochisme. Mais pour nous, à l'heure où nous nous aimions à nous en faire des marques dans la chair, ça n'était que de l'amour. Nous ne savions pas que nous le payerions cher… très cher. Trop cher.
Pour moi, nous en sortirions plus forts, plus unis, plus amoureux. **PARCE QUE L'AMOUR L'EMPORTE TOUJOURS.** Enfin… c'est ce que je croyais. Mes parents me l'ont prouvé. Mais peut-être est-ce juste… quand on a rencontré la personne en phase avec nous ?

JE NE REGRETTE RIEN. J'ai vécu ce que j'ai toujours voulu. Même si ça n'a pas duré.
Sa vie m'importait plus que la mienne. J'aurais donné ma vie pour lui. J'ai sacrifié du temps avec mes amis pour être avec lui. Je ne voulais pas perdre de temps avec qui que ce soit. Je voulais être à son côté H24, même si c'était pour ne rien faire. Ne rien faire avec lui, c'était déjà faire quelque chose. C'était être avec LUI. Seul comptait pour moi de respirer son air. Sans lui, je me sentais asphyxiée.
L'amour pour moi ne se concevait pas autrement que dans la fusion. J'étais servie.

J'ai goûté le sucré du fruit de notre amour, puis sa note plus amère. Mais je ne regrette toujours rien.

J'AI APPRIS. J'AI COMPRIS.

ENSEMBLE NOUS AVONS DONNÉ UN AUTRE VISAGE À MON IDÉE DE L'AMOUR. ON EN A SCULPTÉ UN PLUS RÉEL, MOINS SACRIFICIEL.

Avec lui, j'ai compris que s'aimer, c'est avancer ensemble mais parfois pas au même rythme… Que si on ne se met pas tous les deux au diapason de notre amour, on finit pas être décalés…

J'ai compris que **L'AMOUR, C'EST APPRENDRE L'UN DE L'AUTRE**. Sur l'autre, bien sûr… mais aussi sur soi. Je me suis découverte… sacrificielle. Dans l'idée que je me faisais de l'amour, aimer, c'était tout donner à l'autre, sans concession, sans restriction. Se fondre dans l'autre, ne faire qu'un indissociable. Mais je me suis perdue.

Je me suis souvent demandé après, une fois que nous nous étions perdus, si je ne l'avais pas mal aimé. Trop aimé. À aimer à m'en oublier, je me suis asphyxiée et dépouillée toute seule. J'aurais dû arrêter, l'apposer, ce putain de point final !

Mais j'en étais incapable parce que pour moi il nous restait tout à vivre ! J'avais encore faim de lui, de nous. Soif de ces moments importants qui ponctuent la vie d'un couple amoureux : la maison, le mariage, l'enfant... J'étais insatiable de tout, tout, tout.
Et puis, je ne voulais que **LUI.** L'amour avait pris son visage. Aucun autre ne le supplanterait. Personne d'autre n'avait d'intérêt à mes yeux. Personne. Non, personne... Il était tout pour moi, vous le savez. **IL FAISAIT PARTIE DE MOI, MALGRÉ MOI. J'AVAIS ENCORE TANT BESOIN DE LUI.**
Alors oui, l'amour, pour moi, c'était d'être étouffée, asphyxiée par l'autre pour ne surtout pas manquer de son air, de son amour. Parce que sans lui, je me sentais vide.

Elsa l'exprimait trop à la perfection dans sa chanson « Bouscule-moi » :

Bouscule-moi un peu, arrête de t'excuser
C'est quand tu m'lâches que j'ai mal
Bouscule-moi un peu, chavire-moi de bonheur
Fais-moi manquer d'oxygène
Bouscule-moi un peu, chahute-moi sur ton cœur
N'aie pas peur, c'est quand tu m'serres à peine
Que tu me malmènes.

Alors quand tout dérape, mon idéal en prend un coup dans la gueule, comme moi... Mais à mes illusions je me rattrape, comme une enfant à une veilleuse quand le bleu de la nuit se fait trop dense et que les fantômes de ses peurs y dansent.

Je résiste parce que... je m'aime à travers lui... Oui, c'est à travers le prisme de ses yeux que je vois le meilleur de moi. Parce qu'au fond **JE NE ME SENS PAS MOI SANS LUI**. Il me révèle à moi. Je vois le meilleur de moi, mais aussi mes parts d'ombre. Et alors ?
Pour moi, c'est aussi ça, l'amour, c'est ouvrir la porte du monde intérieur de l'être aimé, pour l'amener à s'aimer dans son intégralité avec ses forces, ses vulnérabilités, ses qualités, ses défauts, sa lumière et ses ténèbres. Parce que, souvent, on ne veut voir que le meilleur de soi.

Mais j'ai compris, en réalisant ce livre, que pour être au mieux avec soi et avec l'être aimé, il faut savoir embrasser sa part d'ombre. C'est ce que j'ai fait avec mon premier amour. L'aimer, c'était aussi aimer jusqu'à ma propre jalousie... Oui. Par amour pour lui et aussi de moi... puisqu'il était là, malgré elle, malgré moi... il m'aimait avec mes aspérités... Alors que moi, avant lui, j'avais du mal à ne pas être parfaite. Avec lui, je pouvais

être imparfaite, il était là… comme je l'étais pour lui, malgré les autres filles, malgré son égoïsme, malgré son besoin de reconnaissance. Parce qu'au fond je suis aussi tout ça : égoïste.
Oui, je le voulais pour moi et pour toujours. Et je nourrissais moi aussi ce besoin de reconnaissance, je voulais qu'il crie et chante son amour pour moi sur les toits et le jette à la face du monde avec les photos… les clips… que je sois reconnue comme sa petite femme. **L'UNIQUE.**
Je ne pouvais souffrir qu'il puisse respirer sans moi, alors que moi, j'étais comme un poisson hors de l'eau sans lui…
Je nous voulais loin du monde, exilés de tout… Je ne voulais que lui… tellement que parfois j'avais peur de l'étouffer. Alors, quand je lui susurrais au creux de l'oreille que je ne le voulais que pour moi et que je l'asphyxiais avec mon trop-plein d'amour, il me rassurait, tout mimi : « T'inquiète pas, y a que toi que j'aime… »

J'ai dû me frotter à mes idéaux pour comprendre qu'ils ne collaient pas trop à la réalité. Aujourd'hui je cohabite avec elle. Je ne me brûlerai plus les ailes. Parce que aujourd'hui, je sais que :

LA PASSION PEUT DÉTRUIRE. L'AMOUR VRAI, LUI, PEUT NOUS CONSTRUIRE.

C'est un an après que je réalise, encore avec ce livre, que l'amour n'a de sens que quand il va dans les deux sens. Qu'il faut d'abord s'aimer soi pour aimer l'autre et être aimé en retour à sa juste valeur.

Je sais que je rencontrerai l'amour. Celui qui dure toute une vie. Je le sens. Puisque ce n'est pas Maxence... je me suis mise à songer à lui. Cet autre qui existe quelque part pour moi. Je l'imagine. Parfois même j'aperçois son visage. Je le vois brun, barbu et doux. Attentionné, respectueux et bourré... d'humour. Tout comme moi, épanoui dans ce qu'il fait. Peu importe son métier, pourvu qu'il l'aime. Et qu'il m'aime ! Et... fidèle. Bien sûr. Je ne devrais même pas avoir à le formuler, hein ?
Idéalement... et ça y est, voilà qu'ils reviennent, ceux-là : mes idéaux ! Donc idéalement, notre destin aurait envisagé l'essence de notre amour dans un coup de foudre... Non, mieux... **UNE ÉVIDENCE !** Qu'au premier regard il se dise : « C'est elle » et moi « C'est lui ». Que la suite s'écrive dans la même mouvance, avec romance et naturel ! Oh oui... et que nous prenions le temps de nous connaître, de nous reconnaître, de nous aimer. Et qu'après, ensemble, nous écrivions les grands événements de notre vie. Ceux qui ont manqué dans mon histoire avec Maxence... les fameux trois qui tiennent sur les doigts d'une seule

main. Et qu'ensuite nous partions à la découverte de tout ensemble à travers les voyages et nos expériences en amoureux. Ça fait un peu conte… eh bien ouais ! J'assume ça aussi !
Même si j'ai trop hâte de vivre à nouveau l'amour, je me dis qu'il faut parfois attendre pour être avec la bonne personne… Alors, je m'en remets à Dieu et Inch'Allah !

CETTE FOIS, JE M'AIMERAI MOI, JE L'AIMERAI LUI, JE NOUS AIMERAI NOUS.

Parce qu'en amour la bonne équation, c'est quand :

1 + 1 = 3.

Mais dans la mienne… il y en a 1 de plus : vous.

ET J'ESPÈRE PUISSANCE INFINIE !

J'imagine que toi aussi, Maxence, tu aspires à l'amour vrai. Alors, je te souhaite sincèrement de rencontrer celle qui fera battre ton cœur au point de l'empêcher de papillonner. Celle qui te donnera l'envie de te poser.
J'aurais aimé être cette « elle », parce que, avec le temps, tu te seras encore bonifié, comme le bon vin… mais pour une autre.
Alors, puisque le destin a choisi de séparer nos chemins, je te souhaite d'avancer sur l'autoroute du bonheur avec ce nouvel amour dans le cœur.

JE TE LE SOUHAITE SINCÈREMENT PARCE QUE JE T'AI AIMÉ DE TOUT MON ÊTRE. VA, VIS ET DEVIENS.

J'AI PROFONDÉMENT AIMÉ MAXENCE. PASSIONNÉMENT. À LA FOLIE. Et même si aujourd'hui nos vies ont pris des directions contraires, je ne regrette rien. Si c'était à refaire, je l'aimerais à nouveau de toutes mes forces. Parce que ce que nous avons vécu a fait celle qui je suis devenue. **MA FAIBLESSE PASSÉE A FAIT MA FORCE D'AUJOURD'HUI.** Parce que, quoi qu'il nous arrive, la vie continue toujours. Je t'ai aimé de tout mon être. Sans concession. Sans regret. Sans « peut-être ». Qu'avec des certitudes.

Le jour où je me suis rencontrée, j'ai réalisé que s'aimer aussi telle qu'on est était la seule condition pour rencontrer l'amour de sa vie. **JE SUIS PRÊTE. MAINTENANT : JE L'ATTENDS.**

REMERCIEMENTS

Un grand merci à ma famille pour son soutien et son amour de tous les jours.
Papa, maman, continuez de me faire rêver avec votre amour unique.
Marine et Maeva : restez vous-mêmes !
Christelle, Djamel et mes cousins Maxime, Mehdi, Yannis, Noham, sans oublier ma petite princesse Sarah.

Merci à Amaury et Charlène, sans oublier Loïc, de m'accompagner chaque jour.
À mes copines depuis des années : Laurie et Kim !!
Lucile, Antoine, Marine, Alicia.

Merci à Elsa de m'avoir donné ma chance de publier cet ouvrage.
Merci à Laurie de m'avoir accompagnée tout au long de ce livre.
Merveilleuse rencontre.
Et, bien évidemment, un grand merci à toi ma Stella, merci pour ton amour au quotidien, ton énergie, tes mots guérisseurs. Ce livre a été pour moi une thérapie et il aurait été bien différent sans toi.

Merci Dieu pour cette épreuve et ces rencontres qui resteront gravées à jamais.

TABLE DES MATIÈRES

Composition et mise en pages
Nord Compo à Villeneuve-d'Ascq

Dépôt légal : février 2019
ISBN : 978-2-7499-3773-1
LAF 2640